D1063721

EL LIBRO DE LAS EMOCIONES PARA NIÑAS Y NIÑOS

EL LIBRO DE LAS EMOCIONES PARA NIÑAS Y NIÑOS

Textos de Gemma Lienas
Ilustraciones de Sigrid Martínez

Barcelona • Madrid • Bogotá • Buenos Aires • Caracas • México D. F. • Miami • Montevideo • Santiago de Chile

A mis nietos y nietas
Jordi, Biel, Itziar, Mariona, Isolda y Solomon
A mis sobrinos-nietos Blau, Guiu y Linus

1.ª edición: noviembre 2017

Travessera de Gràcia, 47-49. 08021 Barcelona
Sipan Barcelona Network S.L. es una empresa
del grupo Penguin Random House Grupo Editorial, S. A. U.

Printed in Spain
ISBN: 978-84-16712-60-1
DL B 18677-2017

Impreso por Rolpress

ÍNDICE

UN ESPEJO EN EL CORAZÓN

Reconocer las propias emociones

—No quiero ir a ver a la pediatra —refunfuña Pablo.

Su madre le enjuga la cara, llena aún de babas del vómito.

—No vamos a ver a la pediatra —dice—. Vamos para que ella te vea a ti.

Su madre le explica a la doctora que Pablo vomita a menudo.

—Es culpa de la sopa —dice Pablo.

—Hoy no has comido sopa —contesta su madre.

—Hoy ha sido culpa del pescado —dice Pablo.

—¿Y ayer? —pregunta su madre.

—Ayer fue por las espinacas.

La doctora examina atentamente a Pablo y asegura que está más sano que una manzana.

—¿Y por qué vomita? —pregunta su madre.

La doctora no lo sabe. Dice que, si los vómitos continúan, deberán llevar a Pablo al hospital.

Por la noche, en su cama, Pablo piensa que no quiere ir. No le gustan los hospitales.

—Si vas, será porque tú quieres —dice el hada Menta.

Menta es un hada de color verde y muy pequeñita. Un hada que solo pueden ver los niños y las niñas hasta los siete años.

—¡Anda ya! —dice Pablo—. Yo no quiero ir al hospital. ¿Qué te crees, que vomito a propósito?

El hada Menta da una voltereta y salta desde el estante de los juguetes hasta la almohada de Pablo. Toda la habitación se llena de olor a menta.

—No. No creo que lo hagas porque quieres, sino porque es la única manera que tienes de hacer que salga lo que te hace daño.

—¡Pues claro! —dice Pablo—. La sopa, las espinacas, la merluza...

El hada Menta suelta una carcajada.

—Ni sopa, ni espinacas, ni merluza. No tiene nada que ver con lo que comes, sino con lo que sientes.

—Pero ¿qué dices? —pregunta Pablo, volviendo la cabeza para ver mejor al hada.

Menta se pone las manos en la cintura.

—A ver: ¿qué pasó el otro día antes de que te comieses la sopa?

Pablo piensa en ello, pero no lo recuerda.

Se inventa la respuesta, a ver si acierta:

—¿Jugué un partido de fútbol?

—No.

—¿Vi una película de dibujos?

—Tampoco.

—Me rindo —dice Pablo.

—Te ayudaré a recordar —dice el hada Menta.

Y, entonces, de uno de los bolsillos de su vestido de color verde, saca un espejito de plata.

—Mira aquí. ¿Qué ves?

Pablo se acerca pensando que se verá a sí mismo, como pasa con todos los espejos del mundo. Pero se lleva una gran sorpresa.

¡Caramba!

Es la hora de la cena, la noche en que había sopa. Su madre está dándole la papilla a Eli, su hermana pequeña. Pablo se levanta de la mesa, quiere que su madre le haga caso, pero ella no puede. Le manda que vuelva a sentarse y que coma.

Menta se queda mirando a Pablo.

—¿Ahora ya sabes qué pasó antes de que comieses la sopa? —le dice.

—Sí. Ya me acuerdo —dice él—. Me enfadé con mi madre.

El hada Menta revolotea por encima de la cabeza de Pablo y desprende una estela de estrellas verdes.

—¡Exacto!

El hada le vuelve a poner el espejo delante de los ojos para que recuerde qué pasó ayer antes de que vomitase las espinacas.

Pablo ve su clase en el espejo. Carlos le ha dado una patada sin que la maestra lo vea. Pablo se la ha devuelto y la maestra lo ha pillado. Y lo ha castigado solo a él, porque solo lo ha visto a él. Después, han ido al comedor y había espinacas para comer.

—¿Qué pasó?

—Me enfadé con Carlos —dice Pablo, haciendo una mueca.

—¿Y hoy, cuando has vomitado el pescado?

Pablo observa el espejo, aunque ya recuerda que se ha enfadado consigo mismo porque se le ha roto su coche preferido.

—Ya lo entiendo —dice Pablo—. Cuando me enfado, vomito.

—No exactamente —dice Menta—. Vomitas porque no sabes qué te pasa.

—¿Quieres decir que si sé que estoy enfadado ya no vomitaré?

—Eso mismo —responde Menta, soltando una carcajada de colores.

—¿Es así de fácil?

—Sí, lo es. Solo tienes que ponerte el espejo cerca del corazón e intentar saber qué sientes.

—Tal vez estoy enfadado.

—O tal vez estás triste. O preocupado. La cuestión es saber lo que sientes.

Pablo se duerme pensando cómo se las arreglará para saber cuándo está enfadado.

Al día siguiente, Pablo se fija en los demás.

Sabe cuándo la maestra está enfadada: habla con una voz muy antipática.

Es fácil saber cuándo su madre está contenta porque sonríe.

Es fácil saber cuándo Eli está triste porque llora. Y, si la abuela está triste, tiene los ojos apagados y no sonríe.

También se puede saber que su padre está preocupado porque tiene las cejas muy juntas y no para de moverse en la butaca.

Y Pablo sabe que Eli está enfadada porque tiene los puños muy apretados.

Pablo cree que si se puede ver desde fuera cómo está la gente, también se debe de poder saber cómo está uno mismo por dentro, ¿verdad?

—¡Verdad! —le dice el hada Menta—. Solo es necesario que te mires y te escuches por dentro.

Pablo no sabe si lo conseguirá.

—¡Claro que sí! —asegura el hada—. Te dejaré mi espejo mágico y sabrás lo que sientes.

Entonces, Pablo se pone a jugar con la tiendecita, pero llega Eli, coge la caja de las frutas y la tira al suelo.

Pablo se da cuenta de que tiene muchas ganas de hacerle daño a Eli.

—¡Ostras! ¿Esto que siento dentro de mí quiere decir que estoy enfadado?

Desde el estante de los juguetes, el hada Menta le dice que sí.

Esa noche para cenar hay pescado. Pablo se lo come y no vomita.

—¡Qué bien! —dice su padre—. Creo que ya no tendremos que llevar a Pablo al hospital.

El niño sonríe, y su madre también.

¡QUIERO EL CÓMIC YA!

Ser resistente a la frustración

Nieves está en el salón dibujando arrodillada frente a la mesita baja. De pronto, recuerda una promesa de su padre y va al estudio a reclamársela.

Su padre trabaja con el ordenador.

—¡Papá, vamos a comprar el cómic!

—Ahora no puedo, Nieves. Tengo trabajo.

—Pero tú me has dicho que me comprarías un cómic.

—Y claro que te lo voy a comprar. Pero ahora no puede ser. Más tarde.

—Más tarde, más tarde... —protesta Nieves—. Yo lo quiero ahora.

—Pues ahora no puede ser. Pero, mira, si cambias esa cara, cuando salgamos a comprarlo, iremos a merendar chocolate caliente y un brioche. ¿Qué te parece?

Nieves se cruza de brazos y pone cara de enfadada.

—Quiero el cómic ahora —dice. Y da una patada en el suelo.

—Pues lo siento. Tendrás que esperar. Pero ya verás como, después, te gustará tener el cómic e ir a merendar. Si cambias esa mala cara, ¿eh?

—¡Ahora!

—Vamos, Nieves —dice su padre—, que no me dejas trabajar. Ve a jugar un rato y, después, saldremos.

Nieves sale del estudio y, mientras, va refunfuñando:

—Después... Más tarde... ¡Uf! ¡Qué rollo!

De repente sabe quién la ayudará. Marta, que tiene doce años y a quien dejan salir sola a la calle.

Y va corriendo a la habitación de su hermana mayor.

—¡Martaaaa! ¿Puedes venir conmigo a comprar un cómic?

—No puedo. Estoy haciendo deberes.

—Pues déjalos y me acompañas.

—Ahora no puedo. Si te esperas un rato, saldré contigo. Y, ¿sabes qué? De paso, le diremos a María que si quiere le paseamos a *Rayo*.

Rayo es el perro de la vecina del piso de abajo. Y a Nieves le encanta el perro y llevarlo de paseo.

—¡*Rayo*! ¡Qué bien! Pero ahora mismo.

—No. Ahora no; tienes que esperar. Iremos dentro de un rato.

Nieves sale de la habitación de Marta dando un portazo.

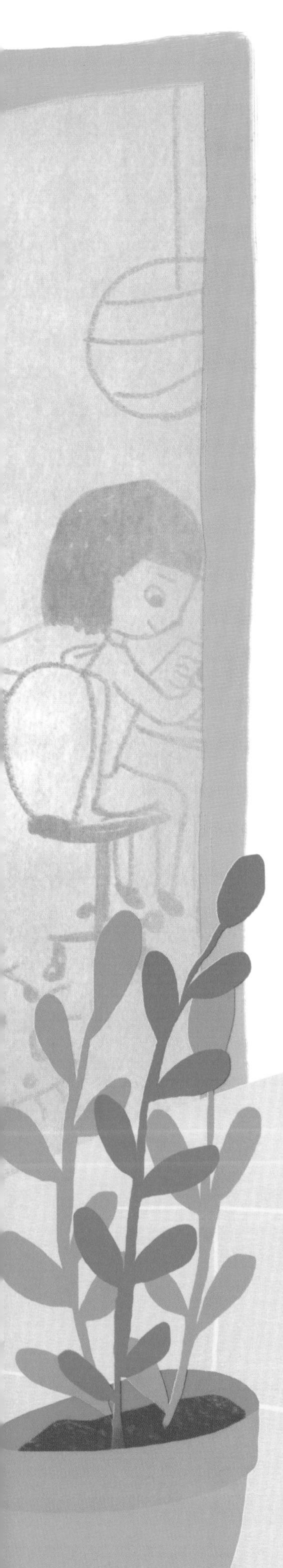

—Dentro de un rato... Esperar... ¡Uf! ¡Qué roooooollo!

Nieves se va al salón y se sienta en el sofá, mientras va quejándose:

—Después, más tarde, dentro de un rato, esperar... ¡Quiero el cómic ya!

En ese momento, huele a menta.

—¡Ya estoy aquí! —dice el hada Menta, moviendo las alas y soltando una cadena de estrellas verdes.

—Ah, uf. Hola.

—Vaya recibimiento...

Nieves se encoge de hombros y pone cara huraña.

—¿Todo este mal humor es porque no tienes tu cómic?

—Pues sí. No me gusta esperar.

El hada Menta vuela hasta ponerse sobre un montón de libros.

—Mira, ¿sabes qué? Aquí lo tienes.

Y hace aparecer un cómic entre las manos de Nieves.

—¡Uaaaaaaala! ¡Gracias, Menta! Me encanta no tener que esperar.

—Esto es lo que has ganado —dice el hada—. Pero mira qué te has perdido por no saber esperar.

Y ante los ojos de Nieves aparece una taza de chocolate caliente y un brioche.

—¡Oh! Yo... —dice Nieves—. Es que el cómic es genial.

—Claro, claro... —dice Menta con voz burlona—. Pero ir a pasear con tu padre no lo es, ¿verdad? Juntos lo pasáis fatal. Y si, además, vienen tu hermana y *Rayo*, ¡entonces es peor!

—¡No, no es verdad! —protesta Nieves—. Es muy divertido ir a pasear con papá, Marta y *Rayo*. Y tomarnos una taza de chocolate caliente y un brioche.

—¡Ah! —dice Menta—. Pero como la señora no quería esperar... Has tenido el cómic y te has perdido el resto de cosas buenas.

Nieves se lo piensa y, finalmente, dice:

—¿Sabes qué, Menta? Voy a elegir esperar... Creo que ahora ya sé hacerlo.

El hada hace desaparecer el cómic. Nieves se pone a terminar el dibujo.

COMIC

—Bien hecho. Si dibujas, se te hará más corta la espera —dice Menta, y le guiña un ojo.

Mientras pinta, Nieves le pregunta:

—Si aprendo a esperar, ¿siempre tendré cosas mejores?

—No siempre —dice Menta.

—¿Por qué no siempre?

—Porque a veces hay cosas que no se pueden conseguir.

—¿Ni esperando toda la vida?

—¡Ni así! —dice el hada.

—¿Entonces?

—Pues te tienes que conformar.

—¿Conformarme con no tenerlo nunca?

—Exacto —dice el hada, dando una voltereta y dejando caer muchas estrellas verdes.

—¡Pero me pondría triste!

—Al principio, sí. Después tienes que aprender a volver a estar bien sin eso que tanto querías.

—¿Es difícil?

—Un poco, pero, si te entrenas, lo puedes conseguir. Y es mejor saberlo pronto, porque, en la vida, hay muchas cosas que no se pueden conseguir.

Entonces, su padre asoma la cabeza por la puerta del salón.

—¿Quién me acompaña a dar una vuelta? —pregunta.

—¡Yo! —grita Nieves.

—¡Y yo también! —se añade Marta—. Ya he acabado los deberes.

Unos minutos más tarde, los tres con *Rayo* están en la calle y van hacia un quiosco.

—Allí compraremos el cómic —dice el padre—. Y al lado está la cafetería donde merendaremos.

—*Rayo* no puede entrar.

—No. Lo dejaremos atado fuera y lo vigilaremos desde dentro.

Nieves acaricia a *Rayo*.

—Me gusta mucho *Rayo* —dice.

—A mí también —dice su padre—. Es un perro muy simpático.

—Algún día, ¿me comprarás un perro? —pregunta Nieves.

—No. Nunca —responde el padre—. No tenemos tiempo suficiente para ocuparnos de un perro.

Nieves siente una gran pena en la barriga. Se pone triste. Nunca, nunca, nunca su padre le comprará un perro. Aunque espere toda la vida...

Entonces ve al hada que le guiña un ojo. Y sabe que no vale la pena estar triste: hay cosas en la vida que no se pueden conseguir.

—Toma, Nieves —dice su padre—. ¡Tu cómic!

NO ME GANARÁS

Afrontar el miedo y no dejarle ganar terreno

—Vamos a la plaza a hacer volar las cometas —dice Marcos—. ¿Vienes?

—Primero tengo que encontrar la mía —dice Isolda—. Me parece que está en el trastero, sobre el armario.

Marcos y Clara se van a la plaza; Isolda, a buscar su cometa.

Isolda arrastra un taburete. Se sube a él, pero es demasiado bajita y no consigue coger la cometa. Se pone de puntillas y casi la toca. Pero cuando está a punto de cogerla, ¡pum!, la bombilla se apaga y todo se queda a oscuras.

—¡Ahhhhhh! —grita Isolda.

Se ha quedado paralizada del miedo que tiene. ¡No puede moverse! El corazón le va muy deprisa: pum-pum, pum-pum... Y se nota las manos sudadas.

Se baja del taburete con mucho cuidado porque le tiemblan las piernas.

—¿Hay alguien aquí? —dice con una vocecita que casi no parece la suya.

No contesta nadie, claro. Y, temblando, se decide a andar a tientas, pero, antes de llegar a la puerta, se enreda con una tela.

—¡Un fantasma! —grita alteradísima. El corazón le late a toda velocidad.

Sale del trastero corriendo y se encierra en su habitación. Ya

no quiere hacer volar la cometa. Se pondrá a hacer un rompecabezas.

Justo en ese momento, huele a menta. Y ve un montón de estrellas verdes. Es el hada Menta.

—Hola, Menta. ¿Quieres jugar conmigo?

—¿A hacer volar la cometa? —dice el hada, mientras observa por la ventana a los hermanos de Isolda, que se lo pasan genial tirando del cordel de las cometas que se elevan con el viento. Isolda también los mira por encima del hombro de Menta.

—No. Yo ya estoy bien aquí haciendo un rompecabezas —dice la niña—. Es muy divertido.

—Je, je. Seguro que sí... ¡Y todo por un fantasma de nada!

—¿De nada? Pero, ¡¿qué dices?! —dice Isolda, indignada—. Era... muy grande.

—Lo entiendo —dice Menta—. ¿Lo bastante grande como para que te quedes aquí mientras ellos se divierten con las cometas?

Isolda suspira y dice:

—Tienes razón, Menta. Preferiría jugar con la cometa, pero no me atrevo a recoger la mía.

—¿Y te olvidarás de ella para siempre jamás? —dice Menta.

—¡No! ¡Claro que no! —dice Isolda, frunciendo las cejas.

—Entonces, ¿cómo lo harás?

—Ya sé como. —Y desde la ventana llama a sus hermanos—: ¿Alguien me ayuda a coger la cometa? ¡Hay un fantasma en el trastero!

—¿Un fantasma? —dice Clara—. Anda ya, si los fantasmas no existen.

—¿Me acompañas tú, Menta?

Menta dice que no con la cabeza y, después, añade:

—Tienes que ir tú sola, porque, contra los miedos, tienes que luchar tú misma.

A Isolda se le iluminan los ojos.

—¡Ya lo he entendido! —Y coge una espada de *La guerra de las galaxias* y dice—: ¡Vamos!

Sale al pasillo, pero, cuando le faltan pocos pasos para llegar al trastero, siente que el corazón le late muy deprisa, y le tiemblan las piernas, y las manos le sudan...

—¡Qué miedo, qué miedo! —Y el corazón le salta como un

caballo dentro del pecho y tiene los pelos de punta. Entonces, se da la vuelta mientras grita—: ¡Que alguien me ayude!

Huye pitando y entra en su habitación.

—¿Isolda? —pregunta el hada Menta, que no sabe dónde se ha metido.

La voz de Isolda, temblorosa, sale de debajo de la cama.

—Me da igual la cometa. Ya no quiero jugar con ella.

—¡Ah! Está bien —dice Menta—. Quizá tendrás que quedarte ahí debajo para siempre.

—¿Qué quieres decir? —pregunta Isolda asomando la cabeza.

—Que hoy te dan miedo los fantasmas y la oscuridad. Y mañana, quizá te darán miedo los perros o los aviones. Que hoy no te has atrevido a entrar en el trastero. Y después te ha dado miedo recorrer un trozo de pasillo...

—Pero debajo de la cama estoy segura. Nadie me hará nada.

—¡Oh! ¡Claro! Debajo de la cama estás muy segura. Y te tendrás que quedar ahí siempre, porque el miedo cada día crecerá más, será mayor y lo ocupará todo.

—¿Siempre...? —dice Isolda.

—Siempre, si vas dejando que el miedo te gane terreno.

—Es decir, tengo que luchar. Pero ¿cómo?

—Lo mejor —dice Menta— es que te convenzas de que tú eres más fuerte que el miedo, de que tú puedes ganarlo.

—No me ganarás, miedo —dice Isolda, saliendo de debajo de la cama y yendo hacia el pasillo—. ¡Yo te ganaré!

—Y, sobre todo, no huyas del miedo. Si algo te da miedo, no lo evites: tírate de cabeza a ello.

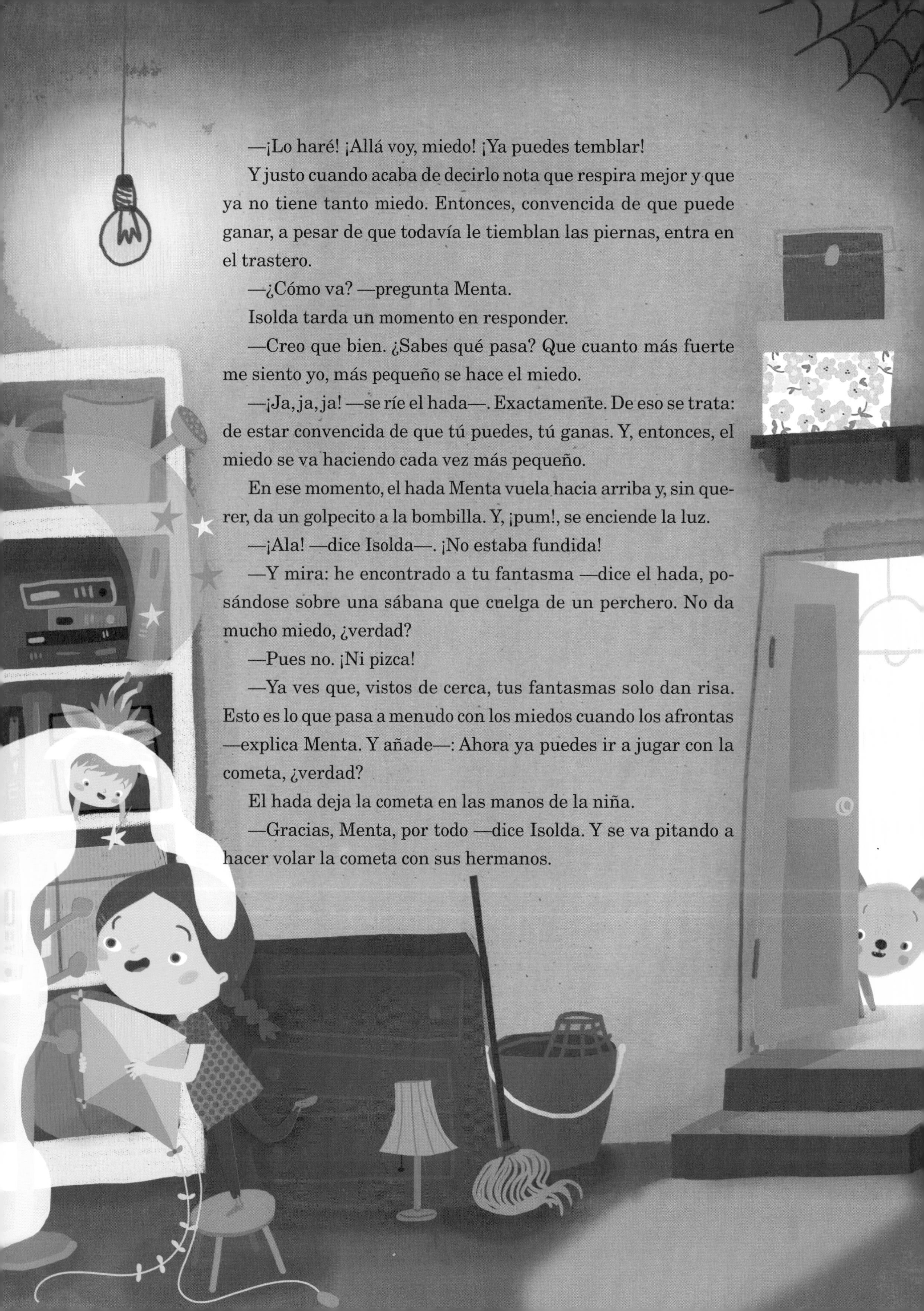

—¡Lo haré! ¡Allá voy, miedo! ¡Ya puedes temblar!

Y justo cuando acaba de decirlo nota que respira mejor y que ya no tiene tanto miedo. Entonces, convencida de que puede ganar, a pesar de que todavía le tiemblan las piernas, entra en el trastero.

—¿Cómo va? —pregunta Menta.

Isolda tarda un momento en responder.

—Creo que bien. ¿Sabes qué pasa? Que cuanto más fuerte me siento yo, más pequeño se hace el miedo.

—¡Ja, ja, ja! —se ríe el hada—. Exactamente. De eso se trata: de estar convencida de que tú puedes, tú ganas. Y, entonces, el miedo se va haciendo cada vez más pequeño.

En ese momento, el hada Menta vuela hacia arriba y, sin querer, da un golpecito a la bombilla. Y, ¡pum!, se enciende la luz.

—¡Ala! —dice Isolda—. ¡No estaba fundida!

—Y mira: he encontrado a tu fantasma —dice el hada, posándose sobre una sábana que cuelga de un perchero. No da mucho miedo, ¿verdad?

—Pues no. ¡Ni pizca!

—Ya ves que, vistos de cerca, tus fantasmas solo dan risa. Esto es lo que pasa a menudo con los miedos cuando los afrontas —explica Menta. Y añade—: Ahora ya puedes ir a jugar con la cometa, ¿verdad?

El hada deja la cometa en las manos de la niña.

—Gracias, Menta, por todo —dice Isolda. Y se va pitando a hacer volar la cometa con sus hermanos.

LA MITAD DE JUAN

No hay cosas de niño y cosas de niña: solo de persona

Juan está harto.

En casa, todo el mundo le grita para que no haga nada de lo que hacen las niñas.

—¡Juan! ¿Dónde vas con esta camiseta rosa? ¡Pareces una niña!

—¿Estás llorando, Juan? Anda, enjúgate esas lágrimas, los niños no lloran.

—Juan, ¿estáis jugando a marineros? Pues tú tienes que ser el capitán.

En la escuela se ríen si hace lo que hacen las niñas.

—Juan es una niña porque no le gusta jugar a fútbol.

—Juan, ¿por qué pintas el árbol de color plateado? Así los pintan las niñas...

Juan está más que harto.

Ha decidido que para ser un niño tiene que dejar de lado todo lo que sea de niña.

Coge una caja de cartón vacía y mete en ella la camiseta rosa, el cuento que le gusta más que la pelota y el rotulador de color plata. Antes de cerrarla, mete también tres lágrimas, que, sin quererlo, le caen de los ojos. Después, entierra la caja en un rincón del jardín.

—¡Ahora ya soy un niño! —dice.

Y juega a fútbol, y da puñetazos cuando se enfada, y se ríe de

las niñas porque llevan deportivas blancas y rosas, y, cuando tiene ganas de llorar, se aguanta.

Lo pasa muy mal y se aburre mucho, pero ahora ya es un niño.

—Eso es lo que tú te crees —le dice el hada Menta.

El hada revolotea alrededor de Juan, soltando estrellas verdes y olor a menta.

—Entonces, Menta —dice Juan—, si no soy un niño, ¿qué soy? ¿Un gusano? ¿Un cocodrilo?

El hada Menta se parte de risa.

—Frío, frío —le dice—. Seguro que no lo adivinas.

—¿Una patata? ¿Un buñuelo?

El hada Menta dice que no.

—Quizá nunca lo adivinarás.

Juan está preocupado. Él quería ser un niño. Ha hecho todo lo que se le ha ocurrido y, ahora, resulta que no lo es.

—Ven conmigo —le dice el hada.

Y juntos se van al baño.

El hada quiere que Juan se mire al espejo. Y, como le queda muy alto, acerca un taburete para que se suba a él.

Juan se aúpa y se mira en el espejo.

—¿Qué ves? —pregunta el hada Menta.

Juan se ha quedado tan sorprendido que casi no puede hablar. Ve...

—Veo solo medio Juan.

¡Y sí! En el espejo solo hay un ojo y una oreja y un agujero de la nariz y la mitad del pelo y un trozo de cara y la mano derecha y la pierna derecha...

—Solo eres la mitad de Juan —le dice el hada.

De la sorpresa, el niño está a punto de perder el equilibrio.

—¡Anda! Bájate del taburete —le dice ella—. Que al final aún te vas a hacer un chichón.

Desde el suelo, Juan la mira, desconcertado, sin entender cómo puede ser que se haya convertido en medio niño.

—¿No te has dado cuenta?

Él mueve la cabeza para decir que no.

—A ver —dice el hada Menta—. ¿Cómo lo has pasado los últimos días: bien o mal?

—Mal —dice Juan.

—¿Has estado contento o triste?

—Triste.

El hada vuela hasta un estante.

—Quizá te falta algo...

—¿Qué? —pregunta Juan.

—Piénsalo —dice ella.

Juan se rasca la nariz porque así puede pensar mejor. Y, de pronto, le viene a la cabeza.

—¡Ya lo sé! Necesito lo que enterré en la caja de cartón.

—¡Exacto! —exclama el hada Menta mientras da volteretas en el aire.

Juan y Menta corren al jardín a desenterrar la caja.

Juan saca la camiseta rosa y se la pone. Y coge el rotulador de plata y se dibuja una pulsera en la muñeca. Y se coloca el cuento bajo el brazo porque quiere meterse en la cama a mirarlo enseguida. Y, con mucho cuidado, recoge las tres lágrimas y se las guarda para cuando tenga ganas de llorar.

Y ahora Juan se siente tan contento como si fuera el día de Reyes.

—¿Sabes por qué estás feliz, Juan? Porque ahora ya no eres medio niño, sino un niño entero.

Juan se toca la oreja y el ojo. Sí, está completo.

—Claro, hombre. No hagas caso a nadie que te diga que dejes de lado todo lo que es de niña.

—Pero, entonces, ¿seré una niña?

—¡No! Serás un niño entero.

—¿Aunque haga cosas de niña?

El hada Menta ríe mientras da vueltas sobre sí misma muy deprisa, y se va alejando.

Juan la va siguiendo y, mientras, piensa que Menta parece una bengala de San Juan.

El hada se para en seco, le guiña un ojo a Juan y le señala una niña.

—Es Mar. Ahora verás qué hace.

Mar se acerca a un árbol y, de un agujero del tronco, saca un paquete. Lo desenvuelve.

—¡Anda! —dice Juan—. ¡Deportivas con tacos y rodilleras para jugar a fútbol! Pero si eso es de niños...

—Juan, no hay cosas de niño y cosas de niña. Solo hay cosas de persona, como jugar a pelota y saltar a cuerda, y jugar a coches y a cocinitas, y subirse a los árboles y poner a dormir a los muñecos...

—¿Vale todo si eres persona?

—Vale todo lo que te gusta. Y solo tú sabes qué te gusta; los demás no te lo tienen que decir.

Entonces, Juan oye un silbido. Es Mar.

—¡Eh! ¿Quieres jugar conmigo a fútbol? —le pregunta.

Juan va corriendo a jugar un partido, vestido con su camiseta rosa y con el brazalete de plata pintado en la muñeca.

¡ADIÓS, DEDO!

Quitarse de encima un mal hábito

Martina, sentada en el sofá, piensa en que su hermana, Icíar, tarda mucho en llegar. Mientras, se chupa el pulgar.

De pronto, entra Icíar y la pilla con el dedo en la boca.

—¡Anda, niña! Chupándote el pulgar, como si tuvieras un año.

—No soy una niña pequeña. Y no me estaba chupando el dedo. Solo... solo me lo había puesto en la boca un momentito de nada.

—Sí, sí... —dice Icíar.

Martina, enfadada con su hermana, se levanta del sofá y se va corriendo a su habitación.

Está de mal humor. No le gusta que Icíar se burle de ella.

Se sienta en la punta de la cama y, sin darse cuenta, empieza otra vez a chuparse el pulgar. Ay, qué bien, con el dedo en la boca, le parece que está menos enfadada.

Entonces se abre la puerta y entra su padre, que tiene que mover la silla de ruedas porque no acaba de pasar bien.

—¡Martina! ¿Qué haces? Ya eres demasiado mayor para chuparte el dedo...

—Que no, que no —dice Martina, que se ha sacado el dedo de la boca.

—Que sí, que sí —dice papá—. Es un mal hábito que tienes. Deberías dejar de hacerlo.

Martina dice que sí con la cabeza.

—Pues, vamos, ¿por qué no te lo quitas de encima?

Papá gira la silla de ruedas y desaparece.

Martina se queda triste. Le duele que papá le haya dicho que tiene un mal hábito.

Se sienta en el suelo y, de tan triste que está, vuelve a chuparse el dedo.

Ay, cuánto la consuela. Le parece que ya está más contenta.

En ese momento, el aire se llena de olor a menta y de estrellas verdes.

—¿Menta? ¿Eres tú? —dice todavía chupándose el pulgar.

—Claro que soy yo. ¿Quién podía ser, si no? Y quítate el dedo de la boca, que casi no te entiendo.

—Papá dice que es un mal hábito.

—Lo es.

—E Icíar dice que parezco un bebé.

—¡Lo pareces, sí!

—¿Y qué puedo hacer para dejar de meterme el dedo en la boca? Yo no lo sé.

—Pero ¿tú quieres dejarlo?

Martina mueve la cabeza para decir que sí, como si no estuviera del todo convencida.

—¡Uy! Así no lo podrás dejar —dice el hada.

—¿Por qué no?

—Dejar un mal hábito es difícil y, para que salga bien, tienes que tener muchas ganas de dejarlo, tenerlo muy claro.

—¿Sabes qué pasa, Menta? Que no lo sé. Por un lado, tengo muchas ganas, y por el otro, no.

—¿Por qué tienes ganas?

—Porque Icíar no se reiría de mí. Ni tampoco los primos.

—¡Ajá! —dice el hada—. Una buena razón para dejar de hacerlo.

—Y también porque a papá y a mamá no les parece bien. Y, es verdad, a mí tampoco me parece bien porque creo que es una costumbre de niña pequeña.

—Y todavía te podría dar otra razón. Mírate el dedo.

Martina se lo mira: está arrugado y rojo.

—¡Ags! Da un poco de asco —suspira—. ¡Sí! Tendría que dejar de hacerlo. Pero ahora te explico por qué no tengo ganas.

—Soy toda oídos —dice Menta.

—Pues porque chuparme el dedo me va muy bien cuando estoy sola o cuando estoy triste o cuando estoy enfadada. Cuando lo hago, me siento mejor, aunque después me dé vergüenza haberlo hecho.

—¡Muy lista! Tú sola has sido capaz de ver que te chupas el dedo cuando tienes una serie de sentimientos, como la soledad, la tristeza, el enfado.

—Eso mismo, Menta. ¡Tú también eres muy lista!

—Pues ahora ya lo tienes: solo hace falta que, cuando estés sola o aburrida o triste, busques una manera de distraerte.

—Por ejemplo, ¿haciendo un dibujo? ¿O jugando con la cocinita? ¿O poniéndome los patines?

—¡Exacto! Pero antes vas a tener que recordar que no debes meterte el dedo en la boca. Puesto que, como lo haces siempre, es posible que lo chupes sin darte cuenta.

—Pero ¿cómo? ¿Me ato la mano detrás de la espalda?

—¡No! Con esto —le dice el hada. Y le ata un cascabel al pulgar.

Y es genial: el cascabel funciona.

Esa tarde Martina espera a que papá le vaya a secar el pelo, pero tarda mucho. Se lleva el dedo a la boca y el cascabel suena. Entonces se detiene, se mira el dedo, dice que no y sonríe. Y se pone a jugar con la tableta.

Y ya no vuelve a pensar en chuparse el dedo.

—¡Genial! —aplaude Menta.

Por la noche, Martina se acuesta y está a punto de chuparse el dedo, pero el ruido del cascabel la alerta. Se olvida del dedo, muy satisfecha, mientras coge un cuento para mirarlo.

Y se duerme sin ni siquiera acordarse del pulgar.

—¡Eres un sol! —dice Menta.

Y, al día siguiente, mientras espera que mamá y papá preparen la comida del domingo, que es mejor que la de los demás días, se aburre, se acerca el dedo a los labios, y el sonido del cascabel le recuerda que no quiere chupárselo. Entonces, se va a ayudar a poner la mesa.

Y se olvida del dedo.

—¡Espectacular! —exclama Menta.

Y a mediodía mamá la regaña porque ha comido como un cerdito y se ha manchado los pantalones con salsa de tomate. Martina, medio enfadada, medio triste, se pone el pulgar en los labios. Y el cascabel le recuerda que no, que no debe chuparse el pulgar. Martina decide hacer un dibujo.

¡Y, adiós, dedo!

—¡Súper! —dice Menta.

Por la tarde, mamá, papá, Icíar y Martina están en la sala de estar mirando una película.

—¡Eh! —dice de repente papá—. ¿Os habéis dado cuenta de que Martina ya no se chupa el dedo?

—Es verdad —dice mamá. Y se levanta a darle un beso—. ¡Felicidades!

—Qué mayor eres, Martina —dice Icíar mientras la abraza.

El hada Menta vuela hasta el hombro de Martina.

—Gracias, Menta, por todo lo que has hecho —dice la niña.

El hada se parte de risa:

—¿Yo? ¡Yo no he hecho nada! Lo has conseguido tú sola.

MÚSICA EN LA BARRIGA

Todos somos diferentes

Dani está jugando en un parque con la arena mientras su padre lee el periódico. Cerca de Dani, un niño y una niña buscan bichitos.

—Mira —dice la niña—, ¡una mariquita!

—Dámela —pide el niño.

Dani no puede oírles con el oído porque es sordo. Y, sin embargo, Dani les entiende con los ojos: se fija en los gestos de esos niños y también les lee los labios.

—¡Oh! —exclama la niña—. Solo tiene un ala.

—Entonces —dice el niño—, no es una mariquita normal.

—No, no lo es. Seguro que así no puede volar.

Sueltan a la mariquita sobre la arena.

Dani piensa: «Si la mariquita no es normal porque le falta un ala y no puede volar..., yo tampoco soy normal porque no puedo oír.»

Dani se pone triste. Y, en ese momento, el aire se llena de estrellas verdes.

—Huele a menta —dice Dani con las manos.

—Claro —contesta Menta también en el lenguaje de signos—. Porque he llegado yo.

Y, después de dar una doble voltereta en el aire, se queda quieta, suspendida delante de la nariz de Dani.

—Hola, Menta —saluda Dani.

—¿Eres tú quien se queja de no ser normal?

Dani dice que sí con la cabeza.

—¿Normal? ¿Normal? Mmmm —dice el hada—. ¿Y qué es ser normal?

—¡Caramba, Menta! Pareces mema. Ser normal es ser como los demás.

—A ver si lo entiendo. ¿Quién es normal en tu clase?

—Ignacio —contesta Dani.

El hada se ríe y dice que no con un dedo, del que van saliendo estrellas.

—¡Qué va a ser normal Ignacio...! Lleva gafas y, sin embargo, la mayoría de niños y niñas de tu clase, no llevan.

—Bueno, pues Bea —dice Dani, encogiéndose de hombros.

—¿Bea? —se ríe el Hada—. Bea es muy bajita: parece más pequeña que el resto. No es como los demás.

—Vaaale —resopla Dani—; entonces, Tomás.

—¿Tomás? ¿Ese niño al que casi todo le da vergüenza? ¿Ese que se pone como un tomate cuando le preguntan? ¿Ese, normal?

—Entonces, ¿qué pasa? ¿Que no hay nadie normal en mi clase?

—Pues no y sí.

—No lo entiendo —dice Dani, enfurruñado.

—Muy fácil: no hay nadie normal porque todos somos diferentes. Y, al mismo tiempo, todos somos normales porque nos parecemos mucho.

—¡Ya! Pero lo mío es peor porque yo no puedo oír.

—Pero hay cosas que sabes hacer y los demás no.

—¿Como qué?

El hada da una voltereta y lo deja todo lleno de estrellas verdes.

—Tú sabes oír con los ojos y tus compañeros no.

—Bueno... —dice Dani, no del todo convencido.

—Y también sabes leer los libros y, además, sabes leer en lenguaje de signos y también sabes leer los labios.

—Desde luego —dice Dani, que está muy satisfecho de su habilidad.

—Y seguro que eres el mejor en muchas otras cosas y ni siquiera te has dado cuenta. ¡Tendrás que fijarte mejor!

El hada ha volado hasta lo alto de un árbol y desde allí le dice adiós.

El papá de Dani ha doblado el periódico y se acerca al arenal.

—Vamos al quiosco de la música, hijo. Van a dar un concierto.

La orquestina ya está instalada. Las músicas y músicos afinan sus instrumentos y, luego, se ponen a tocar.

Dani está sentado en el suelo, con las palmas de las manos apoyadas en él. Piensa: «¡Cómo mola!» Y mueve el cuerpo al ritmo de la música.

Bum, bum, bum-bum-bú. El ritmo le entra a Dani por las manos y le llega hasta la barriga.

¡Y es que Dani no solo oye con los ojos, sino también a través de su piel!

Dani está feliz. El resto del público también. Cada vez que la orquestina termina una pieza, la gente aplaude con entusiasmo.

Al terminar el concierto uno de los músicos dice:

—Dibujad lo que ha sido esta música para vosotros.

Dani y los demás niños y niñas corren con los lápices y el papel hacia las mesas del parque. Mientras, los papás y las mamás se quedan charlando.

Dani dibuja un parque de atracciones, con una noria y con autos de choque y un tiovivo y un puesto de manzanas de caramelo... Luego lo pinta con muchos colores: rojo, verde, azul, violeta, amarillo, rosa, morado...

La gente de la orquestina pasea por entre las mesas mirando los dibujos.

—¡Genial! Tu dibujo es genial —le dice una trompetista a Dani.

El que tocaba el bajo silba de admiración:

—Es fantástico cómo has transformado nuestra música en un dibujo.

Dani se siente muy feliz por todas las felicitaciones que recibe. Está claro que su dibujo tiene mucho éxito.

Guarda los colores y espera a que su papá lo recoja.

Cuando los papás y mamás se acercan, la gente de la orquestina cuenta por qué han elegido el dibujo de Dani como el mejor.

—Tiene ritmo.

—Y cuenta lo que ocurre con las piezas que hemos tocado.

Su padre le da un beso y le dice:

—¿Te das cuenta de que eres capaz de interpretar la música mejor que quienes no son sordos?

Dani mueve la cabeza y dice que sí.

—Eres diferente a los demás. Y es que todos somos diferentes. Pero, al mismo tiempo, todos somos normales porque nos parecemos mucho. Y todos merecemos un trato igual.

—¿Tú ya sabías esto, papá?

—¡Pues claro!

—Pues yo acabo de aprenderlo.

¡QUÉ NERVIOS!

Aprender a relajarse

Max y Mei llegan del colegio con la abuela.

—¡Mamá! —dice Max—. Me han escogido para recitar el poema de primavera.

—¡Lo tiene que recitar delante de toda la escuela! —aclara Mei.

—¡Felicidades, Max! ¿Y ya te lo sabes? —pregunta su madre.

Max dice que sí con la cabeza y la abuela lo invita a recitarlo para ellas tres.

—¡Eso mismo! ¡Nosotras seremos el público! —dice mamá, acercándole la silla.

—Ejem, ejem... —dice Max, subido a la silla.

—¡Que empiece! ¡Que empiece! —pide Mei.

—Sí... Empiezo... —dice Max, poniéndose las manos delante de la boca.

Y muy despacio y con un tono de voz muy flojito, recita:

En medio del prado
adonde van las flores...

Max se para porque se da cuenta de que se ha equivocado.

—¡Ay, no! Creo que no es así... ¡Un momento que lo pienso! —Y pone cara de pensar. Pero no puede recordar bien el poema, y siente mucha vergüenza, y le parece que se le escapará el pipí.

Al final, quien se escapa es él. Huye corriendo a esconderse

en su habitación, mientras mamá y la abuela le dicen que vuelva, que no pasa nada.

Max, detrás de la puerta, saca un papel de la mochila y se pone a repasar el poema. Entonces, se sube a la cama y recita:

En medio del prado
hay una escuela
adonde van las flores
y las abejas.
Amapolas y lirios,
margaritas pequeñas,
campanillas azules
que, con el aire, suenan;
rosas enanas, rosas.

Y oye que alguien le está aplaudiendo. Max piensa que debe de ser el hada Menta porque huele a menta.

—¡Brillante! —dice ella—. Te lo sabes muy bien. ¡Recitas fenomenal!

—¡Qué va! —dice Max—. ¿No has visto cómo lo he hecho antes? ¡Fatal!

—¿Y qué diferencia hay entre antes y ahora?

—Que ahora estoy solo y es más fácil. Antes tenía público y no me acordaba de nada. Solo tenía ganas de hacer pipí y de salir corriendo.

—¡Qué nervios, eh!

—Exacto —dice Max—. ¿Y qué hago para no tener nervios?

—Relajarte.

—¿Y eso cómo se hace?

—Pues, por ejemplo, con música.

—¡Eh! Ya sé cómo —dice Max, que pone en marcha el aparato y selecciona una música muy animada y rápida—. ¡Cómo mola!

Y se pone a bailar y a saltar por la habitación, sobre la cama, juega a que toca la guitarra... Cada vez está más acelerado hasta que abre la puerta y sale de la habitación.

—¡Eh, público, atentas! ¡Ya estoy listo para recitaros el poema! —grita.

Menta frunce la nariz, mientras piensa: «Mal vamos.»

Max se sube a la silla, mira al público y nota que empieza a tener ganas de hacer pipí...

—Ejem... En medio... En medio del... prado... Ejem —carraspea Max, muy nervioso, sin recordar cómo sigue el poema. Se aclara la garganta y continúa—: En medio del prado de las abejas... que, con el aire, suenan... rosas enanas, rosas...

—Eso no rima —dice su madre.

—Es que no es así. Es... —dice Mei. Y entonces se levanta y recita—: En medio del prado ¡hay una escuela! adonde van las flores...

—¡Uf! —dice Max, muerto de vergüenza. Y se baja de la silla

y se va corriendo. Entra escopeteado en su habitación y casi se lleva por delante al hada.

—¡Eh, eh! ¿Adónde vas con tantas prisas? —dice.

—Ya ves de qué me ha servido la música. ¡De nada! —dice Max, muy enfadado.

—¡Es que quizá no la has usado como era necesario, Max! Para empezar, hace falta una melodía que no acelere, sino que sea relajante.

El hada se acerca al aparato y busca una música suave.

—Ahora —le dice—. Túmbate en el suelo.

Max se tumba.

—Imagina que tienes todo el cuerpo atado con cuerdas. Muy fuerte. Nota las cuerdas. Te sujetan las manos y los brazos. Las piernas y los pies. No te puedes mover. Ahora empezarás a hacer fuerza, como si quisieras romper las cuerdas y soltarte.

Max nota todo el cuerpo tenso, brazos y piernas. Incluso la cara y los dientes. E intenta quitarse de encima las cuerdas. Trata de romperlas.

—Te cuesta mucho. Pero tú intentas empujar los brazos hacia fuera.

Max hace tanta fuerza que le parece que se está poniendo rojo.

—Y, de repente, lo consigues. Y tus brazos y tus piernas se deshacen de las cuerdas y quedan relajados.

Max siente que su cuerpo es ligero, que los párpados se le han cerrado y que la boca se le abre. Nota una gran tranquilidad. Una gran paz. Y el cuerpo como si fuera de algodón. Y la música suave lo mece.

—Ahora estás muy relajado y quiero que te imagines que recitas el poema en público.

«Uy, qué nervios», piensa Max.

—No pienses en nada, Max. Relájate. Nota lo ligero que eres. Ponte una mano encima de la barriga y fíjate en cómo se llena y se vacía con tu respiración —dice Menta con una voz suave como la música—. Y, ahora, imagina que recitas el poema en público.

Max se da cuenta de que, incluso con público, lo puede recitar entero sin equivocarse.

—Muy bien, Max. Abre los ojos poco a poco. Mueve el cuerpo.

—¡Uau! Qué bien me siento.

—Estás relajado. Y lo has conseguido tú solo.

—¡Ya estoy listo para recitar el poema!

Max sale de la habitación y entra en la sala. Se sube a la silla.

Y Menta le susurra al oído: «Eres de algodón. Y notas la respiración en la barriga. Y levantas bien la cabeza y, con una voz potente, recitas la poesía...»

Max, subido a la silla, empieza:

En medio del prado
hay una escuela
adonde van las flores

Y finaliza el poema sin trastabillar ni equivocarse.

La abuela, mamá y Mei aplauden de lo lindo.

UN PERRITO ENCONTRADO EN LA CALLE

Las mentiras no resuelven las situaciones complicadas

Noa vuelve de comprar y, de repente, un perrito se le acerca.

—¡Eh, eh! ¡Hola! ¿Te has perdido, bonito? Seguro que sí.

El perro le lame las manos, moviendo la cola, y ladra, como si estuviera de acuerdo con lo que dice la niña.

—Sería genial que vinieras a casa, bonito. Te lo pasarías pipa con nosotros —dice Noa, mientras observa el collar que lleva el perro—. Hay un nombre y un teléfono... Bueno, ¡no significa nada!

Noa le quita el collar y lo tira a una papelera.

—Ahora ya no lo necesitas porque tienes una nueva dueña, bonito. ¡Yo!

Y se va a su casa con el perro.

Su padre y su madre se quedan boquiabiertos al verlo.

—Se había perdido. Estaba en medio de la calle, temblando de miedo... —Noa cada vez coge más carrerilla y se inventa más cosas—. Un camión casi lo atropella y yo lo he salvado. Por eso me ha seguido hasta aquí, pobrecito.

Noa nota un pellizco en la barriga.

—Noa... —la avisa papá con tono de estar enfadándose.

—No tiene dueño, papá. Te lo prometo. No lo podemos dejar en la calle.

—Claro que no. Después de comer lo llevaremos a la protectora y le buscarán una nueva casa. Y, ahora, ve a jugar.

Seguida del perrito, Noa sale a la terraza. Está contenta de tener al perro, pero nota pellizcos en la barriga.

—Tranquilo, ¡no te llevarán a ninguna parte! —dice—. Haré lo que sea para que te quedes conmigo.

Entonces, Noa huele a menta. Eso quiere decir que llega el hada Menta.

—¡¿Incluso dirás una mentira como una casa?! —pregunta.

—¡Anda ya! Ha sido una mentirijilla de nada.

—¿De nada? Por eso notas esos pellizcos en la barriga, ¿verdad?

—Debe de ser de comer chocolate.

—No lo creo —dice Menta—. Son la consecuencia de decir una trola. Y ya sabes cómo se acaban las mentiras, ¿verdad?

—Esta vez todo acabará bien, Menta. Ya lo verás.

Después de comer, en la cocina, Noa se acaba el plátano mientras papá lava los platos.

—Anda, Noa, date prisa, que llevaremos al perrito a la protectora —dice su madre, que se agacha para mirar debajo de la mesa—. ¿Dónde se ha metido?

—Pues, ni idea —dice Noa, con mucho morro.

Papá y mamá miran a Noa con desconfianza.

La niña nota un pellizco en la barriga.

—Quizás está en la terraza —dice mamá—. Voy a buscarlo.

Mientras, Noa, disimuladamente, coge un trozo de carne y se va a su habitación, con Menta pisándole los talones.

—¡Mira qué te traigo, *Bonito*! —dice mientras le deja la carne en el suelo.

El hada vuela y le dice a Noa:

—Lo ves, ¿verdad? Una mentira lleva a otra mentira. Y, además, papá y mamá no te acaban de creer. No se fían de ti.

Noa vuelve a notar un pellizco en la barriga porque piensa que, quizás, el hada tiene razón, pero, como no quiere oírla más, la corta:

—¡Jopé, Menta! Es que no se lo pueden llevar a otra casa.

—Claro que no, porque ya tiene una casa. Y no es precisamente esta.

—Ahora sí que lo será porque papá y mamá dejarán que me lo quede.

—Noa, las mentiras no resuelven nada. Lo único que hacen es que te sientas mal y que la gente no pueda confiar en ti.

—Ay, no seas pesada, Menta. —Noa se vuelve hacia el perro—. No ladres, *Bonito*. Y no hagas travesuras si no quieres que mamá te lleve a la protectora. ¿Vale?

—¡Uy, uy! Esto cada vez pinta peor —dice Menta.

Entretanto, papá y mamá buscan al perrito.

—Mamá —dice Noa, que llega corriendo—, yo sé dónde está. Se ha escapado. Te lo prometo. He visto que huía hacia la calle.

—Tendremos que salir a por él, a ver si lo encontramos —dice su madre, alejándose.

—¡Echa más leña al fuego! —murmura Menta.

—¿Qué quieres decir con eso?

—Pues que has dicho una montaña de mentiras, y todavía tendrás que decir más si quieres quedarte con el perrito.

Noa vuelve a notar el pellizco en la barriga. «¡Jopé! Me duele la barriga de decir tantas mentiras», piensa.

—Que sepas que las mentiras no solo te hacen daño a ti: también hacen daño a los demás.

—¿Ah sí? —dice Noa.

—Sí. Papá y mamá ya no podrán creer nunca nada de lo que tú digas.

Noa todavía no sabe adónde quiere ir a parar Menta.

—¿Y sabes qué pasa cuando la gente no te cree?

—Que tienes pellizcos en la barriga.

—No solo eso, sino que cada vez te alejas un poco más de los demás y cada vez estás más sola.

Noa piensa que se morirá de pena si se siente lejos de la gente a la que quiere.

—¡Uf! No me gusta. Pero ¿qué puedo hacer? Tiré el collar.

—¡No hay problema! —dice Menta. Y señala un papel que vuela y llega hasta Noa, que lo lee.

—¡Anda! Es un aviso de un perro perdido.

—El barrio está lleno de papeles como este —explica Menta—. El perro se llama *Pequeñín*, y su dueña, Angelina. Todavía estás a tiempo de arreglarlo.

Noa se va al dormitorio, saca al perrito y corre hacia el comedor.

—¿Lo has encontrado, Noa? —pregunta su madre.

—Sí... —dice, sin saber cómo decir la verdad—. Bueno, no. De hecho, te tengo que contar algo, mamá.

Y Noa le confiesa toda la historia.

Enseguida, su madre marca un número de teléfono, y al cabo de un rato Angelina llama a la puerta.

El perrito corre a recibirla y se vuelve loco de alegría. Brinca, salta, ladra, lame. Se le ve muy feliz, y Angelina también lo está.

—Mi querido *Pequeñín*. Creía que te había perdido para siempre.

Angelina les da las gracias y se va.

—Al final la historia ha terminado bastante bien, ¿no? —dice Noa.

—No del todo —dice mamá—. Has dicho un montón de mentiras y no sé si podremos creerte más.

—Lo siento —dice Noa, que lo siente de verdad.

—Que lo sientas también está bien. Pero no es suficiente. Nos tendrás que demostrar que podemos volver a confiar en ti.

Noa asiente con la cabeza, contenta de no notar más pellizcos en la barriga.

¿CUÁL ES EL PROBLEMA?

Capacidad para resolver los problemas

Hoy Jorge, un amigo de Saïd, ha ido a pasar la tarde a casa de Najat.

Los dos niños están jugando con el castillo. Saïd hace ver que mueve un dragón. Jorge tiene un unicornio en la mano. Se lo están pasando en grande.

—¡Anda! —dice Najat, entrando en la sala—. Precisamente habéis tenido que coger el castillo. Yo que quería usarlo.

—¿No puedes jugar a otra cosa, Najat? ¡Para un día que viene Jorge!

—Es que me encantan los castillos, ¿sabes? —dice el amigo.

—Sí, claro, ¡y a mí también! —dice Najat muy enfadada—. Pero, como vosotros sois los mayores, os lo quedáis vosotros, ¿no?

Se va a su habitación mientras murmura, muy ofendida, que es injusto y que no hay derecho.

Se sienta en la cama con los brazos cruzados.

—¡Sin castillo no es lo mismo! Ahora me aburriré. ¡Qué rollo!

Entonces todo se llena de estrellas verdes y huele a menta.

—¿Has dicho rollo? —pregunta el hada.

—Pues sí. Todo es culpa de Saïd y su amigo, que son... ¡unos burros!

—Y eso lo dices porque...

—... porque no me quieren dejar el castillo —explica Najat.

—¿No te quieren dejar el castillo porque son unos burros?

—Ay, hada. ¡No es eso! ¡Quiero decir que, como están jugando con el castillo, no me lo dejan!

—¿Tú estabas jugando con el castillo y te lo han quitado?

—No, no. Tampoco es eso —dice Najat—. Ellos lo han cogido primero. Pero, Menta, ¡es que yo también lo quiero!

—Ahora sí que lo entiendo. No te dejan el castillo porque están jugando ellos.

—Sí. Ese es el problema.

—Efectivamente, ya sabes cuál es el problema. ¡Y ahora tendrás que encontrar la solución!

Najat piensa un momento y, después, dice:

—Ya tengo la solución.

Y se va volando hacia la caja de los juguetes y saca un montón de cosas. Después va donde Saïd y Jorge juegan con el castillo.

—¡Eh, eh, mirad qué tengo! —Y va diciendo—: La bola de nieve luminosa... Mola, ¿eh? Unas barras de plastilina para hacer todas las figuritas que queráis. Y, lo mejor de todo, ¡la peli de aventuras que me regalaron por mi cumpleaños!

—¿Y para qué queremos todo eso, Najat? —pregunta Saïd.

—¡Os lo dejo toda la tarde a cambio del castillo!

—Lo siento, Najat, pero es que queremos continuar jugando un rato más.

—¡Sí, y con el unicornio! —añade Jorge, muy contento.

—¡Jopé! ¡Encima que os dejo mis mejores cosas! —Y se va murmurando—: Yo tenía razón, son...

Entra en su habitación, se sienta en la cama y acaba la frase:

—... son unos burros!

—No, Najat. Ya hemos quedado que el problema no era que fueran burros.

—Entonces, ¿qué tengo que hacer? ¡No me dejarán el castillo nunca jamás!

Menta vuela hasta un estante donde hay una cajita.

—Mira esta cajita, por ejemplo —le dice—. ¿A que no la puedo abrir?

—No, está cerrada con llave. Es que es mi cajita de los tesoros.

—Y para abrirla —dice Menta sacándose del bolsillo una llave muy grande—, no sirve cualquier llave, ¿verdad?

El hada Menta prueba a abrir la cajita, pero no lo consigue.

—No podrás. No es esa llave —explica Najat.

—Claro. Pues tu solución para conseguir el castillo quizá tampoco era la más adecuada.

—Quizá no.

—Quizá tienes que probarlo con otra llave —dice Menta sonriendo—. Porque a los problemas les pasa lo que a las cajitas. Cada uno tiene su llave. Cada problema tiene su solución.

Najat se acerca a la estantería y coge un caballero.

—Ahora sí que me parece que lo tengo, Menta.

Y se va corriendo junto a los niños.

—He pensado que, si no me dejáis el castillo, quizá podría unirme a vuestro juego. ¿Qué os parece?

—Buena idea, Najat —dice Menta muy flojito, sin que nadie la oiga.

Los niños miran a Najat.

—¡Claro que puedes jugar con nosotros! ¿A que sí, Jorge?

—¡Por supuesto!

Najat corre, feliz, hacia el castillo.

—Yo seré... —empieza a decir. Pero no tiene tiempo de acabar, porque Saïd completa la frase:

—... el búho del brujo.

—¿Qué? ¡Nooo! ¡Yo quiero ser el caballero! —responde ella.

—Pero en nuestro juego no hay caballeros —dice Jorge.

—¿Y princesas?

Saïd y Jorge dicen que no con la cabeza, los dos a la vez.

—Solo hay animales —explica Saïd.

—Pues entonces... ¡no juego! —dice Najat. Y, enfadada, frunce la nariz y se va.

Entra en la habitación y se detiene.

—Hmm. ¿Qué ha dicho Menta? Que antes hay que saber cuál es el problema. Y, así, podré encontrar la solución, ¿verdad?

—Exacto —dice Menta, que vuelve a revolotear a su lado—. ¿Y el problema es...?

—Que sí que me dejan jugar con el castillo, pero al juego que ellos quieren, porque ellos han empezado primero y se han inventado cómo querían que fuera.

—Has descubierto muy bien cuál es el problema. Entonces, ¿qué te parece si buscamos otra llave?

Menta se saca del bolsillo un montón de llaves y va probando, pero ninguna se adapta a aquella cerradura.

—Ya lo tengo —dice Najat. Y corre a buscar algo en la caja de los juguetes.

Se levanta con una figura entre las manos:

—Ya lo tengo: el búho. Seguro que así me dejan. Además, también cogeré un águila.

—Pues yo creo que ya tienes la solución.

Najat sale corriendo.

—¿Y con el águila y el búho me dejaríais jugar?

—Claro que sí —dice Saïd.

—¡Uau! Qué búho tan bonito.

EL VESTIDO DE JUDITH

Practicar la empatía

Tina va emperifollada con un vestido y unos zapatos que le van muy grandes.

—Ahora solo falta el toque final —dice la niña.

Y con un pintalabios rojo se pinta la boca y se dibuja dos círculos colorados en las mejillas. Después, se limpia las manos en el vestido, que queda muy manchado. Coge un sombrero, se lo pone y se mira en el espejo.

—Ahora, sí —dice—. Estoy muy guapa.

En aquel momento, entra Judith, su hermana, y se queda horrorizada.

—¡Tina! ¡¿Qué has hecho?! —grita.

—Me he disfrazado de ti. ¿No lo ves? —dice. Y gira sobre sí misma para que se vea mejor cómo ha quedado—. ¿Te gusto?

—¡Mira cómo has dejado mi vestido! —dice su hermana, sacando chispas por los ojos.

Tina la mira sin entender de qué le habla.

—¿Cómo te lo he dejado? Solo estaba jugando y...

—¿Jugando? —grita Judith—. ¡Eres tonta! Me has echado a perder el vestido.

Tina mira el vestido. ¿Qué? ¿Qué le pasa, al vestido? Está un poco sucio, eso es todo. ¡Uf! Vaya con Judith, ponerse así por nada.

—No pasa nada, Judith —dice Tina mientras se encoge de hombros.

—¡Sí que pasa! —dice la otra, muy enfadada. Y le quita el sombrero de la cabeza de un manotazo y coge una muñeca—. ¡Y no te pienso dejar más mis cosas!

Judith va hacia la puerta. En una mano lleva la muñeca. En la otra, el sombrero.

—¿Ni la muñeca de trapo? —pregunta Tina, que todavía no ha entendido nada.

—¡Ni la muñeca de trapo! —grita Judith, que cierra la puerta con un golpe.

—¡Ostras! No sé qué le pasa. Si, al fin y al cabo, solo es un vestido... —Se lo quita y lo deja sobre la cama. Ya no tiene ganas de jugar a ser Judith.

Se va al baño, se lava. Vuelve a la habitación, se pone ropa y zapatos de Tina y se queda sentada en el suelo. Y en ese momento ve unas estrellas verdes. Son del hada Menta, que vuela hasta la cama y se sienta en el vestido.

—¡Cuidado, Menta! —dice la niña—. Si Judith te ve encima de su vestido, se pondrá hecha una fiera. Según parece, sus cosas son solo suyas, y de nadie más.

Menta mira las manchas rojas del vestido.

—Me parece que a Judith no le ha molestado que le cogieras el vestido.

—¿Ah, no? —dice Tina, que también lo mira.

—No. Me parece que le ha dolido que se lo ensuciaras.

—Bueno, sí. Quizá le he manchado un poco el vestido, pero no hay para tanto, ¿verdad?

—Bueno, ¿qué te parecería si alguien te lo hiciera a ti?

—¿Quieres decir si alguien ensuciara mi vestido? ¡Pues me pondría otro! ¡Ah! Claro, eso es lo que tengo que hacer —dice, y se va hacia el armario para elegir uno.

Al cabo de un rato, Tina sale al jardín con un vestido en la mano. Se acerca a Judith, que está en el jardín jugando con la muñeca de trapo.

—¡Judith! Lo siento —dice cuando está delante de su hermana—. Como te he estropeado el tuyo, te regalo mi mejor vestido.

—Ah, Tina, gracias —dice Judith, cariñosa—, pero tus vestidos, a mí, me van pequeños.

—Pues coge otro de los tuyos. Al fin y al cabo, tienes muchos.

Judith vuelve a parecer enfadada.

—Pues que lo sepas —dice—: a mí me gusta mi vestido; era mi preferido.

Pero Tina no le hace mucho caso. Ahora está pendiente de la muñeca y le habla, a un palmo de la cara. Entonces, coge un color y dice:

—Muñeca, bonita. ¿Quieres que te pinte unas pestañas más largas?

Judith se vuelve a enfadar de lo lindo y le quita la muñeca de las manos.

—¡Tina! —grita—. Tú no entiendes nada, ¿no?

—Pero... ¿no me habías perdonado? —pregunta Tina, boquiabierta.

—¡Ya no! —contesta Judith, muy enfadada.

Tina se va para casa y se sienta en su cama.

—¡Todo este lío por un vestido! ¡Si incluso le he pedido perdón! No lo entiendo.

—Quizás antes que nada hace falta que la comprendas.

—¿Comprenderla? —pregunta Tina, sorprendida.

—Sí —dice Menta—. Tienes que ponerte en su piel. Entender qué siente. Hacer como si fueras ella.

—Ya te lo he dicho: si me mancharan el vestido, me pondría otro.

—Porque a ti los vestidos te dan igual. Pero piensa en algo que te guste mucho.

—Por ejemplo, ¿mi caja de pinturas?

—¡Por ejemplo! ¿Qué te parecería si Judith te gastara todo el tubo del rojo o del morado?

—No me gustaría nada.

—¿Estarías enfadada?

—Enfadada y triste.

—Así es como está Judith.

—Ay, pobrecita —dice Tina, con cara de pena—. Ahora sí que la entiendo.

—Claro, porque te has puesto en su piel.

—¿Qué quieres decir con eso?

—Que te has puesto en el lugar de Judith y has sentido lo que ella siente.

—Y eso, ¿por qué es importante?

—Para relacionarte mejor con las personas.

Tina dice que sí con la cabeza.

—Lo siento.

—Quizá puedes intentar arreglarlo.

Tina sonríe. ¡Ya sabe qué tiene que hacer! Lava el vestido de Judith con agua y jabón. Después, tiende el vestido limpio.

Tina va hasta donde Judith juega, le señala el vestido tendido y le dice:

—Mira: limpio como si fuera nuevo. ¿Estás contenta, ahora, hermanita?

—¡Claro que sí! —dice, y le da la muñeca de trapo—. Anda, toma.

Y Tina y Judith se dan un beso.

EL DIBUJO DE GABRIEL

Aprender a aceptar las críticas

La profesora dice que hagan un dibujo de lo que quieran.

—Lo podéis pintar con ceras, con témperas, con rotulador... Podéis pegar papel de seda, de charol, trozos de tela... Hacedlo tan bonito y original como sepáis. Entre todos y todas, tendremos que elegir uno que nos representará en el concurso de dibujos interescolar.

Durante un buen rato no se oye volar ni una mosca, todos los niños y niñas están pendientes del trabajo. Después, poco a poco, empiezan a charlar y a enseñarse los dibujos unos a otros.

—¿A que me ha quedado chulísimo? —pregunta Gabriel, orgulloso—. Seguro que elegís el mío.

—Qué churro de dibujo —dice Raúl—. No puedo ni mirarlo. ¡Venid a ver la patata de dibujo de Gabriel!

Alguien se levanta de la silla, pero la profesora pide que todos se sienten.

—Todo el mundo a trabajar. Y tú, Raúl, ponte en esta mesa, a mi lado, y deja de molestar.

Raúl va hacia la mesa que le ha dicho la profesora y aprovecha para ir chinchando:

—¡Anda, Rita, qué porquería de dibujo! ¡Y, tú, Claudia, qué desastre!

Gabriel se ha quedado mustio.

—Yo creo que te ha quedado superbien —le dice Solomon.

—¿O sea, que no crees que sea un churro ni una patata? ¿Quieres decir que lo votarás?

—No es un churro. Pero creo que votaré el de Rita. ¿Lo has visto? ¡Es alucinante!

—¿Cómo? —dice Gabriel, sorprendido—. ¿Crees que el suyo es mejor que el mío?

—Hombre, Gabriel —dice Solomon—, es que el suyo tiene muchos colores. Y, además, ha hecho los vestidos enganchando trozos de tela. Y las nubes son de algodón. E incluso, a la niña, le ha puesto unas trenzas de cordel que se mueven.

—¡Jopé! —se queja Gabriel—. ¿Así que el mío es una caca?

—¡Que no, Gabriel! —dice Solomon—. Pero tendrías que trabajar más y pintarlo mejor; sin salir de la raya. Y quizás añadir algo original.

—Sí —dice Gabriel con una voz entre triste y enfadada—, como el de Rita.

En ese momento suena el timbre para salir al recreo.

Aprovechando el ajetreo, Gabriel tira su dibujo a la papelera y sale detrás de los demás.

Gabriel se queda solo en un rincón. Está enfadado con Raúl y con Solomon y decide que le da igual si participa o no en el concurso de dibujos.

Entonces ve muchas estrellas verdes y huele a menta. Claro, piensa, eso es porque llega el hada.

—Mira qué he encontrado, Gabriel —dice Menta, enseñándole su dibujo—. ¿Cómo ha ido a parar a la papelera?

—Lo he tirado yo.

—¿Y por qué?

—Porque Raúl me ha dicho que era un churro y una patata.

—¡Ah!

—Y porque Solomon dice que no es tan original como el de Rita, y que además me he salido de la raya y que lo tendría que pintar con más colores.

—¡Ah! —dice Menta—. O sea, Raúl y Solomon te han criticado el dibujo.

—Pues a mí no me gusta que me critiquen —responde Gabriel, un poco molesto.

El hada se pone a reír y da dos volteretas en el aire.

—Pues es mejor que te acostumbres. Es imposible que todo lo que hagas guste a todo el mundo.

—¿Quieres decir que siempre habrá alguien a quien no le gustarán mis dibujos?

—Tus dibujos o tu manera de sonreír o las historias que cuentas...

—Así que tengo que acostumbrarme a las críticas.

—Más bien tienes que procurar no enfadarte por las críticas y aprender a descubrir cuáles te ayudan y cuáles no.

—Yo creo que ninguna me ayuda, por eso he tirado el dibujo —dice Gabriel, malhumorado.

—Vamos a ver si no hay alguna que te pueda ayudar —dice Menta guiñándole el ojo—. Empecemos por Raúl.

—Que dice que he hecho un churro.

—Exacto. Y él cómo dibuja: ¿bien o mal?

—No muy bien. A menudo no se entiende nada de lo que ha dibujado.

—O sea —dice Menta— que no es muy buen dibujante, no sabe mucho y, por lo tanto, no te puede dar muchos consejos. ¿Es eso?

—Sí. —Gabriel piensa unos segundos antes de añadir—: Además, le gusta mucho pinchar a los demás.

—Me he dado cuenta: le encanta molestar a todo el mundo. Por lo tanto, ¿sus críticas te sirven?

—No.

—Pues tienes que olvidarte de él. Como si no hubiera dicho nada. ¿Y Solomon?

—Me ha dicho que usara más colores.

—Y quizá tenía razón, ¿verdad? —dice Menta, observando el dibujo de Gabriel que solo tiene azul y naranja—. ¿No crees que el dragón podría ser verde?

—Es verdad, quedará mucho mejor si pinto el dragón de

verde. Y el castillo de color marrón. —Gabriel se va animando—. Y el río de color plata. Y el sol, amarillo...

—Y Solomon también te ha dicho que tendrías que intentar pintarlo sin salirte de la raya.

—Pues sí. Ahora me doy cuenta de que lo he hecho tan deprisa que está lleno de garabatos. Y también me ha dicho que tendría que hacer algo original. Puedo hacer las nubes de algodón.

—Pero eso ya lo ha hecho Rita...

Gabriel lo piensa un momento.

—Ya lo tengo —dice—. Pondré papel de plata en el río. Y haré las amapolas con papel de seda de color rojo.

—¿Te das cuenta ahora de lo que es una buena crítica y de lo que no lo es?

Gabriel levanta el pulgar hacia arriba: ¡claro que se da cuenta!

Cuando vuelven al aula, Gabriel se pone a trabajar con muchas ganas. Introduce en el dibujo todos los cambios que ha discutido con Menta.

—¡Uala! —exclama Solomon—. Ahora sí que te está quedando genial, Gabriel.

La profesora, que justamente está detrás de Gabriel, añade:

—Qué dibujo tan bonito. Creo que será uno de los más votados.

Gabriel se vuelve hacia su compañero.

—Gracias, Solomon —dice—, me ha ido muy bien lo que me has dicho antes del recreo.

NO SOY UN DESASTRE

Evitar la autoprofecía que se cumple

—¡Mira! Ya has arrugado la hoja —le dice a Iván su compañero de mesa—. Eres un desastre.

Al cabo de un rato, el profesor le pide:

—¡Iván! Lee lo que pone en la pizarra.

Iván se fija, pero no se acuerda de las letras. Y cuanto más las quiere recordar, más las olvida.

—Iván, tienes que estar más atento a lo que hacemos. Nunca prestas atención.

En clase de plástica, las cosas no le van mucho mejor.

—¡Oh! Qué lío has hecho con el cordel. Ahora no podrás acabar el trabajo.

En el patio, Iván intenta jugar con los demás, pero no lo quieren en ningún equipo porque no sabe chutar bien la pelota y, entonces, se enfada y se pelea con todo el mundo.

—Vete a jugar a otra cosa. Eres un patata jugando a fútbol.

Iván se va hacia un grupo de niñas, que juegan al pillapilla. Pero, en cuanto lo ven, se escapan corriendo mientras gritan:

—¡Ay, Iván! ¡Seguro que nos quiere hacer daño!

Iván se aburre porque nadie quiere jugar con él. Coge una piedra y la tira con fuerza.

¡Y *pam*! Iván ha roto el cristal de una ventana.

—¡Iván! ¡Eres un peligro público! Siempre lo destrozas todo.

Iván llega a casa con una carta del colegio. El profesor ha escrito que Iván siempre hace el tonto.

—¡Oh! Iván, ¿qué haremos contigo? —preguntan papá y mamá, muy preocupados—. Vete a tu habitación, pero no le hagas nada a tu hermana.

Iván encuentra a su hermana pequeña revolviendo entre sus lápices de colores.

—Sal de aquí, enana —le dice. Y le pega un empujón.

Su hermanita se cae al suelo y se echa a llorar.

—¡Iván me ha hecho daño!

Llega papá y se lleva a Iván al baño.

—Ahora te quedas un rato aquí solo, tranquilizándote.

Iván se sienta en un rincón y apoya la espalda en la bañera. Entonces ve las estrellas verdes del hada Menta.

—¿Qué te pasa? —pregunta Menta.

—¡Soy un desastre! ¿No lo ves?

—No. Creía que eras un niño normal y corriente.

—Pues no. ¡Soy un desastre total! Todo el mundo me lo dice.

—Y yo te digo que te equivocas. Eres un niño muy espabilado, solo tienes que recordártelo.

—Seguro que mañana ya no me acordaré.

—Oh, claro que sí. Te daré este brazalete de hilo verde para que no se te olvide.

Menta le ata la pulsera a la muñeca.

En ese momento, el padre de Iván abre la puerta del baño y le dice que ya puede salir.

Al día siguiente, Iván va al colegio con la comida en una fiambrera porque hacen una salida al campo. Todos los niños y niñas de la clase pasarán tres días en una granja.

Cuando llegan, los llevan de excursión por el bosque. Y la granjera les pregunta si conocen todos aquellos árboles.

—Tú, por ejemplo —dice la mujer señalando a Iván—. Tú tienes cara de ser muy despierto. A ver si nos cuentas algo.

Iván está a punto de decir que él es un desastre y que los desastres no saben ni jota. Pero mira la pulsera de hilo verde que lleva en la muñeca y se acuerda de lo que le dijo Menta. Y se da cuenta de que sí que sabe muchas cosas sobre los árboles.

Entonces, les cuenta que los pinos son árboles que nunca se quedan sin hojas. Y que sus frutos son las piñas. Y que, a veces, de las ramas cuelgan unas bolsas blancas llenas de orugas. Y también les cuenta cosas de los robles, las encinas, los castaños... Y que los árboles comen a través de las raíces, y que el alimento sube por el tronco.

Y, de repente, Iván se da cuenta de que lleva mucho rato hablando y de que todo el mundo lo escucha embobado, incluido el profesor. Iván se siente muy especial: tiene problemas para leer, pero sabe más cosas de los árboles que nadie.

Al volver de la excursión, se van a jugar. Iván ve una pelota y piensa que volverá a ser un desastre porque él no sabe jugar a fútbol. Pero la pelota no es para jugar a fútbol sino para jugar a tocar y parar: cuando la pelota te toca te tienes que quedar quieto y no te puedes mover. Es un juego nuevo. Nunca había jugado antes.

Iván corre mucho y es muy bueno salvando a los de su equipo que están plantados.

—Sálvame a mí, Iván.

—A mí también, Iván.

—Eh, eres buenísimo, Iván —le dicen los niños y niñas al acabar el juego.

Iván mira la pulsera verde del hada Menta y piensa que el hada tiene razón: él puede hacer bien muchas cosas.

Y esos tres días en la granja se lo pasa genial y hace tantas actividades y le salen tan bien que no se acuerda de hacer daño a ningún niño ni a ninguna niña y nadie le dice que es un desastre.

Llega a casa con una nota del colegio que dice que Iván ha estado estupendo.

Mamá y papá están muy contentos.

—Anda, ve a la habitación a jugar que te prepararemos una merienda especial. ¿Podrás ocuparte de tu hermana, por favor?

En la habitación su hermana pequeña intenta jugar con el coche de bomberos. Iván se toca el brazalete verde y no se enfada con su hermana. Él es más mayor y más espabilado, y la tiene que ayudar.

—Mira, funciona así.

Mientras se lo enseña, mamá asoma la cabeza por la puerta.

—¡Qué niño tan fantástico eres, Iván! —dice mamá.

Entonces, Iván se da cuenta de que sentada en el coche de bomberos está el hada Menta, que le guiña un ojo y en voz muy bajita le dice:

—¿Ves, Iván, como yo tenía razón? Eres un niño muy espabilado.

—Es gracias a tu brazalete.

—No. Mi brazalete solo ha servido para recordarte que puedes hacer bien muchas cosas.

QUIERO ESTO Y QUIERO AQUELLO

El consumo responsable

Lía, Mariona y Pepe están sentados bajo el árbol de Navidad. El árbol está precioso, lleno de bolas rojas y azules.

—¿Qué les vais a pedir a los Reyes este año? —pregunta Mariona, enseñándoles un catálogo de juguetes.

—Yo pediré una peluquería como esta —dice Lía, señalándola.

—Yo quizás una bicicleta —dice Pepe, buscando una página donde hay una—. La mía me ha quedado pequeña.

—Pues yo también pediré una —dice Lía.

—Yo querré un juego de experimentos como este —dice Mariona—. Cuando sea mayor quiero ser química.

—Buena idea —dice Lía—. También pediré un juego de esos.

En ese momento, ven un anuncio en la televisión.

—Mirad qué zapatillas tan divertidas —dice Pepe—. Las podríamos pedir para mamá. Las suyas se han roto.

—Ahora que lo pienso —dice Lía—, a mí también me gustaría tener unas.

Y en la televisión aparece otro anuncio; esta vez de unos patines que llevan lucecitas de colores que se encienden y se apagan.

—¡Eh! Y también quiero esos patines... —dice Lía.

—Me parece que pides demasiadas cosas —le dice Mariona.

—No... Bueno, es que me gustan todas. Y, claro, las quiero todas, todas.

Lía, Mariona y Pepe escriben la carta a los Reyes. Y van a llevarla al buzón real. Y pasan los días emocionados por ver si los Reyes les traerán los regalos que han pedido. Y, por fin, llega la noche más mágica y a los tres hermanos les cuesta mucho dormirse porque están muy nerviosos. Al día siguiente se levantan muy temprano y se van volando a la sala y, debajo del árbol, encuentran los juguetes.

—¡Uala! Me han traído la bicicleta —dice Pepe, muy contento.

—¡Ay! ¡Qué bien! —grita Mariona—. A mí me han traído el juego de experimentos que quería. Creo que me convertiré en una científica de primera categoría.

—Pues, mirad qué zapatillas más chulas me han traído a mí los Reyes —dice mamá, que se ha puesto las zapatillas nuevas.

—A mí me han traído el libro que quería —dice papá, enseñándoles un volumen muy grueso.

—¡Anda, Lía, y a ti te han traído la peluquería! —dice mamá—. Bien, ahora vamos a la cocina a desayunar.

Se van todos y Lía se queda sola. Se la ve muy seria. Observa la peluquería, pero no le hace caso.

—Y el resto de juguetes que pedí, ¿dónde están? —pregunta.

Se pone a buscar: mira al otro lado del árbol, debajo del sofá, detrás de las cortinas... En ese momento nota olor a menta y aparece el hada.

—¿Por qué pones esa cara? ¿No te gusta el regalo que te han traído los Reyes?

—Los Reyes no me quieren. De todo lo que he pedido, solo me han traído esto —dice, y señala la peluquería.

—¿Y? ¿No era lo que querías?

—Sí. Pero... —Lía está enfadada—. Pero también quería el resto de regalos.

—¿Y para qué querías tantos? —pregunta el hada.

—Ay, Menta. ¿Para qué crees? Para tener muchos, para usarlos, para...

—A ver, ¿por qué quieres una bicicleta como la de Pepe?

—Para montar en ella, claro.

—Pero ya te han dicho que tú tendrás la que se le ha quedado pequeña a Pepe.

—Pero yo quiero una nueva, ¿lo entiendes?

—Y con la que Pepe ya no puede usar, ¿qué hacemos? ¿La tiramos?

Lía se encoge de hombros.

—¿A ti no te enseñan a reciclar en el colegio?

—¡Sí! Y se me da muy bien.

—Pues tienes que aprender más, porque esto también es reciclar: quedarte tú la bici que a Pepe le viene pequeña.

—De acuerdo. Pero ¿qué me dices de las zapatillas de mamá? —dice Lía.

—Mírate los pies: ¿no llevas ya unas?

Lía se mira sus zapatillas, que llevan unas orejitas de conejo. Son bonitas.

—¿Para qué quieres más? —pregunta Menta—. ¿Cuántos pies tienes, dos o cuatro?

—¿Dos?

—Exacto. Y dos zapatillas con orejas de conejo. ¿Qué más quieres?

Lía lo piensa y por fin admite que con las de orejas de conejo tiene bastante.

—Tienes razón, Menta —dice—. Las otras no me las pondría porque me gustan mucho las mías. No necesito tener más.

—Y, ahora, ¿me dices por qué quieres un juego para hacer experimentos? ¿A ti te gusta hacer experimentos?

—No mucho, la verdad. Pero parecía tan interesante en el catálogo de juguetes.

—¡Claro! Lo hacen adrede para que la gente como tú lo quiera comprar todo.

—¡Ah! Pero yo no quiero ser así.

—Pues tienes que aprender que todo no se puede tener. Tienes que aprender a elegir. A escoger aquello que te gusta de verdad y que necesitas de verdad. Piensa que la vida está llena de catálogos y de anuncios, y, si no prestas suficiente atención,

acabarás queriendo muchas cosas que no necesitas para nada.

Lía se imagina una casa llena de cajas y de bolsas y de cosas que no le hacen ninguna ilusión ni tienen ninguna utilidad.

—Tienes razón, Menta.

—¿Y la peluquería? Ni la has mirado, Lía.

—Sí que lo he hecho, Menta. Pero no es como la que quería.

—A ver, ¿qué le falta?

El hada va sacando todos los enseres de una bolsa y va enumerándolos:

—Un secador, un peine, un cepillo, un tinte para cambiar el color del pelo, un champú, una crema, unas pinzas para hacer rizos...

—¿Qué dices? ¿Unas pinzas para hacer rizos? ¡Uala! La que yo había pedido no las llevaba.

—¿O sea que estás contenta?

—Muuuucho.

—¿Y por qué no te gustaba antes?

—Porque no estaba todo dentro de una caja, ni envuelto con plástico, ni...

—¡Eh, eh, eh! ¿Tú eres una niña que recicla? Y no sabes cuánto daño le hacen a nuestro planeta las cajas, los plásticos, los lazos...

—¡Ah! Ya lo entiendo. Es por eso por lo que todo está dentro de una bolsa de tela.

—Eso mismo —dice Menta, guiñándole el ojo.

Lía está a punto de ponerse a peinar una muñeca cuando mamá la llama para que vaya a desayunar.

¡YA ESTOY!

El valor del esfuerzo

La profesora entrega una hoja de papel a cada niño y a cada niña para que haga su autorretrato.

Todo el mundo se pone a trabajar. Y unos minutos más tarde:

—¡Ya estoy! —dice Isa.

—¿Tan deprisa? ¿Estás segura de que lo has dibujado todo?

Isa dice que sí.

—Mmm —dice la profesora—. Mira, no tienes orejas. Ni dedos en las manos.

Isa observa el dibujo y piensa que quizás es verdad, pero...

—Es que estoy cansada...

Por la tarde, en casa, mamá le pone unas cuantas sumas para hacer.

—¡Ya estoy! —dice Isa al cabo de muy poco rato.

—¿Ya has acabado? —dice mamá—. ¿Estás segura de que lo has hecho bien?

Mamá corrige las sumas, que están todas mal menos una.

—Isa, si corres tanto, lo haces sin fijarte y te equivocas.

—¡Ay, mamá, es que me aburro! —se queja Isa.

Papá le dice que escriba una postal al abuelo, que está en el hospital.

Isa coge una cartulina y escribe dos líneas.

—¡Ya estoy! —dice.

Papá mira las palabras que ha escrito Isa e intenta leerlas:

—Mgesr hmoggfr imganhefderr diela lo avula...

—¿No sabes leer, papá? —lo interrumpe Isa.

—Yo sí que sé leer. Pero creo que tú no sabes escribir. Tienes tan mala letra que no se entiende nada. ¿Por qué no escribes con mejor letra, Isa?

—¡Uf! Es que me da pereza.

Isa se queda sola y justo entonces llega el hada Menta.

—Eso de la pereza es una mala cosa, ¿sabes?

—¿Por qué?

—Porque nada te acaba de salir bien.

—Es porque no lo sé hacer.

—Claro que sí. Sabes hacer muchas cosas: dibujar, escribir, contar. Pero solo te saldrá bien si te esfuerzas.

—¿Esforzarme?

—Sí. Poner toda tu cabeza, todo tu cuerpo, todas tus ganas, sin prisas, una y otra vez hasta conseguir lo que te has propuesto.

—¡Uf! ¡Qué pereza!

—Ya te lo digo yo: la pereza sí que es un buen problema. Te la tendrías que quitar de encima.

El sábado Isa va a una fiesta infantil. Hay un mago con capa plateada llena de estrellas que hace trucos de magia. Isa lo mira con la boca abierta.

El mago recorta con unas tijeras un cuadrado de papel y lo dobla para marcar nueve cuadrados pequeños. Pinta algunos de colores y los recorta con las manos.

Después, coge una caja dorada y mete los cuadraditos, mientras dice:

—Uno azul, cuatro rojos y cuatro blancos. Era así, ¿verdad?

Todos dicen que sí.

—Y, ahora, con los ojos vendados sacaré un cuadradito y adivinaré su color.

El mago busca entre la chiquillería y señala a Isa para que lo ayude.

Isa revuelve los papeles y acerca la caja al mago.

El mago, con los ojos vendados, saca uno y dice:

—¡Rojo!

Y, efectivamente, el papel es rojo.

¡El mago ha hecho magia! Todo el mundo lo aplaude.

Mientras los niños y niñas se comen el pastel, Isa le pide al mago que le enseñe el truco.

Cuando llega a casa se lo quiere hacer a su hermano.

—¡Blanco! —dice.

Y su hermano se ríe, porque se ha equivocado.

Isa se va muy enfadada al baño y se encuentra al hada.

—¿No te interesa la magia? —pregunta Menta

—Ni lo más mínimo.

—¿Seguro que no?

—Bueno. Sí que me interesa, pero no me sale.

—¡Ah! Para que te salga te tienes que esforzar, y no rendirte. No puede darte pereza practicar.

—¿Y entonces me saldrá bien?

—Creo que sí.

Isa tira la pereza a la papelera y ensaya muchas y muchas veces el truco de magia sin darse por vencida hasta que, una noche, decide que ya está preparada y lo hace para mamá y papá.

—¡Azul! —dice mientras saca un cuadradito con los ojos vendados.

—¡Genial! —dicen papá y mamá, aplaudiendo muy fuerte.

Al día siguiente, en el colegio, Isa está a punto de escribir unas frases cuando Menta saca la cabeza por el estuche de los colores.

—¡Eh! —le dice—. Si te esfuerzas, te saldrá una letra de primera.

Isa decide probarlo. Se pone a ello con ganas, sin querer correr, cogiendo bien el lápiz y sin apretarlo demasiado sobre el papel, uniendo bien las letras, trazando los palos de las l y las t hacia arriba y los de las p y las g hacia abajo, y pensando que tiene ganas de hacerlo muy bien.

Cuando acaba y enseña el trabajo a la profesora, esta le dice:

—¡Isa, qué letra tan bien hecha! ¡Qué contenta estoy y qué bien que se lee!

Isa se va feliz a su silla. Ahora ve que esforzarse vale la pena.

Menta, desde el estuche, le guiña el ojo.

—¿Ves como todo sale bien cuando te olvidas de la pereza y te esfuerzas?

El truco de magia

1. Coge un papel en blanco y, con las tijeras, recorta un cuadrado.
2. Dobla dos veces el cuadrado para hacer tres pliegues. Y ábrelo.
3. Vuelve a doblarlo dos veces en sentido contrario y haz tres pliegues. Al abrirlo tienen que quedar marcados nueve cuadrados pequeños.
4. Con un rotulador rojo pinta los cuatro cuadrados de las esquinas.
5. Con un rotulador azul pinta el cuadrado del medio.
6. Recorta los 9 cuadraditos con las manos, y mételos en una caja.
7. Con los ojos vendados, saca un cuadradito y di de qué color es.

La solución: Te tienes que fijar en los bordes de los cuadraditos. Si todos los bordes son poco lisos, es el cuadradito azul. Si tres de ellos son poco lisos y uno es recto, es un cuadradito blanco. Y si tiene dos poco lisos y dos muy rectos, es un cuadradito rojo. Y esto pasa porque, para cortarlos, has usado primero las tijeras y, después, los dedos.

¡ERES UN PATATA!

Evitar el acoso escolar

Jairo es un niño nuevo en el colegio. Es algo distinto a los demás porque tiene la piel de un color más oscuro y porque está un poco gordito.

A la hora del patio, algunos niños y niñas deciden jugar a fútbol.

—¿Puedo jugar yo también? —pregunta Jairo.

José, un niño de la clase a quien le gusta mucho mandar, le dice que no.

—No. Tú no juegas.

—¿Por qué no?

—Porque no me gustas. ¿Lo has entendido?

Los niños y niñas se ríen. Marcos también.

—¡No nos gustas, vete! —dice Ana, sacándole la lengua.

—Vamos, fuera de aquí —le grita José.

Jairo se va a un rincón del patio. Y se queda solo. Solo y triste. Le habría gustado mucho jugar a fútbol. Quizá mañana le dejarán.

Pero al día siguiente, martes, la situación no mejora.

Jairo está sentado en su silla tratando de hacer muy bien el dibujo que les ha mandado el profesor. Entonces, pasa por su lado José y, como quien no quiere la cosa, le arruga la hoja de papel.

—¡Cuidado! —exclama Jairo.

—¿Qué pasa? Ahora me culparás a mí por tener el dibujo arrugado, ¿no?

Antes de que Jairo pueda decir nada, el profesor le da otra hoja.

—Anda, va, no seáis chiquillos. Toma, Jairo, vuelve a empezar.

Cuando salen al patio, José dice:

—Hoy tampoco puedes jugar con nosotros. Eres un patata. No sabes ni dibujar.

—¡Eres un patata! —grita Ana.

—¡Eres un patata! —gritan todos a la vez. Marcos también.

El miércoles, Jairo piensa que quizás el día será mejor.

Pero se equivoca. Tampoco va bien. Cuando salen al patio, José le hace la zancadilla y Jairo cae al suelo. Se roza las rodillas y se hace heridas. ¡Uf! Él que tenía tantas ganas de empezar en el nuevo colegio y hacer amigos y amigas, piensa que no resulta nada divertido tener que ir.

Marcos tiene ganas de hacer pis. En el lavabo está Jairo lavándose las rodillas.

Marcos siente un pellizco en la barriga, pero no le dice nada a Jairo.

Pronto Marcos se queda solo y nota olor de menta.

—Soy yo —dice el hada.

—¡Ah, hola!

—¿Contento? —pregunta Menta.

—Pse —dice él.

—Yo no estaría nada contenta, si fuera tú.

Marcos la mira, pero no dice nada.

—Me sentiría como un gusano por haber estado molestando a ese niño nuevo, Jairo.

—¿Ah, eso? Solo era una broma.

—Sí, sí, una broma... —dice Menta, cruzándose de brazos—. ¿Te parecería una broma divertida que no te dejaran jugar a fútbol?

—No —reconoce Marcos.

—¿Y que te arrugaran las hojas cuando trabajas? ¿Y que te hicieran caer al suelo? ¿Todo eso son bromas divertidas?

—No —dice Marcos, que se siente avergonzado. Ni son bromas, ni le gustaría nada que se lo hicieran a él.

—¿Y por qué se lo haces a Jairo?

—Porque José lo dice.

—Pero tú crees que no está bien hacerlo. Entonces, ¿por qué obedeces a José?

Marcos lo piensa mucho y, al final, dice:

—Porque si le ayudo a molestar a otro, José no se mete conmigo.

—¿O sea que le ayudas a maltratar para no ser tú el maltratado?

Marcos mueve la cabeza para decir que sí.

—¿Y no sería mejor que convencieras a todos los niños y niñas de no hacerle nada a Jairo? Si José no tiene vuestra ayuda, él solo no se atreverá.

—¿Ah, no? ¿Y eso por qué?

—Porque José tiene un problema. Finge que es un gallito, pero en realidad es un pobre niño. Por eso hace daño a los demás. Y por eso necesita que el grupo le ayude.

—Me parece que ya lo he entendido —dice Marcos, que ahora ya no nota pellizcos en la barriga. Y sale corriendo al patio para ir a buscar a Ana y el resto de niños que siempre hacen caso de lo que dice José.

—Acercaos, quiero contaros algo.

Les resume lo que le ha dicho el hada Menta. No es difícil

convencerlos porque a ninguno de ellos le gustaría que le hicieran lo mismo.

—¡Uf! Yo lloraría —admite Ana.

—Y yo no querría venir al colegio —dice otro.

—Y yo me aburriría mucho —dice Marcos, que se imagina lo triste que debe de ser pasarse todo el día solo.

—Pues vamos a buscar a Jairo —propone Ana.

—¡Vamos! Y si José nos dice que le dejemos solo, no le haremos caso —dice Marcos.

—Jairo, ¿quieres jugar con nosotros al escondite? —dicen.

—¡Claro que sí! ¡Vamos allá!

—¡Eh! —dice José—. ¿Estáis jugando con el patata?

—No es ningún patata. Es Jairo y es nuestro amigo. —Marcos le hace frente.

—Es nuestro amigo —grita Ana.

José pone cara de enfadado y se va solo a un rincón.

Los demás se ponen a jugar al escondite.

Se lo pasan genial. Jairo se ríe mucho y Marcos también.

Al cabo de un rato, José, harto de estar solo, pregunta si puede participar.

—Si quieres, puedes jugar con nosotros —dice Marcos—. Pero jugaremos todos juntos.

—De acuerdo —dice José.

Y Jairo piensa que sí que vale la pena ir al colegio.

DIGAN LO QUE DIGAN

Saber decir no

Jorge, Susana, Carlos y Elena se calzan los patines para ir al parque. Solo faltan dos días para la carrera y tienen que entrenarse.

—¡El último que llegue al parque pone la mesa esta noche! —grita Jorge.

Y sale disparado, tomando ventaja a sus hermanos. Entra en el parque a toda pastilla.

Patina que patinarás, esquiva a una mujer que lleva un bebé en un cochecito y a un hombre que lleva a un niño cogido de la mano y...

Y, de repente, Jorge frena de golpe, clavando el patín derecho bien clavado. Delante de él hay un cartel que nunca había visto. Es un dibujo de un niño y una niña que patinan por el parque y que está tachado con una cruz.

—¿Qué pasa, Jorge? —preguntan los demás, que llegan en ese momento.

—Mirad —dice Jorge, señalando el cartel—. Han prohibido patinar en el parque.

—¡Mira qué sé hacer, Jorge! —dice Carlos, que usa el poste del cartel para girar a su alrededor.

—Déjate de piruetas, Carlos. No podemos patinar aquí —dice Jorge.

—¡Caramba! Pero... ¿y la carrera? ¿Dónde la haremos? —protesta Elena.

—Quizá tendremos que suspenderla —dice Jorge.

—¿Suspender la carrera? —se enfada Susana—. ¡Ni hablar! Disimulemos y continuemos entrenándonos como siempre.

—Susana tiene razón. Vamos a fingir que no hemos visto el cartel. Mirad, haced como yo.

Y Carlos se pone a disimular, mirando hacia arriba y silbando.

—Pero, Carlos, sí que lo hemos visto —dice Jorge.

—Venga, Jorge, que la carrera es el sábado, y la tenemos que ganar.

—Yo paso. ¡Patinad vosotros!

Jorge lo tiene claro: si han puesto esa señal es porque resulta peligroso patinar por el parque. Él ha estado a punto de hacer daño a algunas personas.

—No nos dejes. Tú sabes mucho y nos tienes que enseñar algunos trucos.

—No insistáis. Nos buscaremos otro capitán —resopla Susana.

Jorge siente que la barriga se le arruga. No quiere que lo sustituyan.

—¡Eh! No... Yo quiero patinar, pero aquí no se puede —dice.

—Lo que pasa es que eres un gallina —dice Carlos.

—Un gallina, sí —dicen Susana, Carlos y Elena mientras lo rodean e imitan el cloquear de una gallina—: ¡Coc, coc, cooooc!

Jorge ahora está molesto. No soporta que se burlen de él o que lo tomen por un cobarde.

—¡No es verdad! —grita—. Ahora os lo demuestro.

Y Jorge sale disparado, patinando a toda mecha.

—¡Síííííííííí! —gritan los demás, que corren detrás de él sin poder darle alcance.

—No me coge... —grita Jorge mirando hacia atrás.

No tiene tiempo de terminar. Golpea contra algo y acaba en el suelo.

También acaban por el suelo las bolsas que llevaba la mujer con quien ha chocado.

Jorge levanta los ojos hacia la mujer y ve que ¡es su madre!

—¿Se puede saber qué haces patinando por el parque? ¿No sabes que está prohibido?

—¡Pero, mamá...!

—¡Pero nada! Estás castigado.

Jorge mira a sus hermanos esperando que lo ayuden, pero todos le dan la espalda. Cuando llegan a casa, Jorge se tiene que quedar en su habitación. Está enfadado y triste, y, por eso, llora.

Entonces, de un remolino de estrellas verdes, sale el hada Menta.

—¿Por qué lloras?

—Hola, Menta. Lloro porque, por culpa de los demás, no puedo salir a jugar.

—¿Por culpa de los demás? ¿Solo de ellos?

—Pse... —admite Jorge—. Y un poco también por mi culpa.

—Tú ya veías que no podíais patinar en el parque, por lo

tanto, solo tendrías que haber dicho «no». Pero parece ser que no sabes decir «no».

—Es que es muy difícil cuando la pandilla tira de ti.

—Lo sé. No es nada fácil decir que no cuando los demás quieren que digas que sí.

—Y entonces ¿qué puedo hacer?

El hada da una voltereta y lo llena todo de estrellas verdes.

—¿Tú crees que es una tontería patinar en el parque si está prohibido?

—¡Claro!

—Pues entonces, te tienes que mantener firme en tu «no».

—Pero ¿cómo lo hago?

—Puedes imaginarte que eres una roca y que estás muy bien fijado en la tierra, y pensar que, por mucho que tiren de ti, no te moverás. Y, como las rocas no tienen orejas, no oirás nada de lo que digan para hacerte cambiar de opinión.

—Si me llaman «gallina», yo tengo que hacer como si no lo oyera. ¿Es eso?

—Sí. Tienes que ser firme como una roca.

—De todas maneras —dice Jorge—, no podremos hacer la carrera si en el parque no se puede patinar.

—Tengo una idea —dice Menta. Y le susurra la solución al oído.

—¡Genial! —exclama Jorge.

Más tarde, cuando mamá le levanta el castigo, Jorge, con los patines colgados al hombro, sale a la calle y, después, va a buscar a sus hermanos.

—¿Vamos a patinar? —les propone.

Susana, Carlos y Elena se alborotan enseguida.

—¡Sí! ¡Bien! ¡Vamos al parque!

—No. Al parque, no —dice Jorge. Y se imagina que es una roca: ha dicho que no y, de allí, no lo van a sacar.

—¡Venga, Jorge! ¡Tenemos que entrenar!

—¡He dicho que no! —dice Jorge. Y se vuelve a imaginar que es una roca.

—¡Eres un gallina!

—Me da igual lo que me digáis. ¡He dicho no y es no!

—Pues por tu culpa no podremos hacer la carrera —se queja Susana.

—Sí que podremos. Venid conmigo.

Los demás se miran, sonriendo.

—Ya sabíamos que dirías que sí, Jorge. ¡Eres genial!

—Vamos a patinar, pero no al parque porque está prohibido —explica Jorge.

Y los lleva hasta el callejón de detrás de casa, donde ha preparado un circuito con conos que hacen de obstáculos y unas cintas que cierran el espacio. También ha colgado un cartel con un niño y una niña patinando.

—¡Hala! ¡Qué circuito más chulo!

—¡Aquí sí que podremos patinar bien!

—¡Jorge, eres el mejor! —dice Elena. Y le da un beso.

Jorge se gira hacia Menta y le guiña un ojo. Le ha ido muy bien imaginarse que es una roca.

ME HE ENFADADO

Saber gestionar la ira

En el patio del colegio, dos niños y dos niñas juegan al parchís.

—Uno, dos, tres... —cuenta Pablo mientras mueve la ficha. De repente se para y dice—: Ay, me he descontado. Tengo que volver a empezar.

Borja chasquea la lengua y suspira. ¡Caramba! ¿No puede fijarse más, Pablo?

Pablo vuelve a empezar:

—Uno, dos, tres, cuatro, seis...

—No —dice Clara—. Pablo, después del cuatro viene el cinco.

—Sí, sí. Ya lo sé. Me he distraído.

—Eres un cabeza hueca —grita Borja—. Siempre cuentas mal. Si no sabes, no juegues.

—Sí que sé contar, Borja. Solo es que hoy me he despistado.

—Pues es un palo jugar contigo —vuelve a gritar Borja. Y piensa: «¡Esto es un desastre! ¡No hay quien lo aguante!»

—Va, Borja, no te pongas así —dice Lola—, que no hay para tanto.

Borja continúa pensando que todo va mal y que está muy enfadado porque Pablo se equivoca y que es un asco jugar de esta manera y...

—Sois todos unos memos.

—Pues si no te gusta jugar con nosotros —dice Pablo—, vete.

—Exacto, me voy. Nunca más jugaré con vosotros. Aquí os quedáis, hala —dice Borja, lleno de rabia—. No os soporto.

Borja se aleja con la cabeza alta y sin mirar atrás. ¡Que se chinchen!

Se va a un rincón del patio desde donde puede ver como Clara, Lola y Pablo continúan jugando al parchís.

«Son unos tontos», piensa Borja. «No sé por qué me tratan de esta manera. Es injusto.»

Borja tiene los brazos cruzados y cara de enfurruñado. No puede dejar las piernas quietas y va dando patadas a las piedras.

De pronto, huele a menta y, enseguida, ve al hada.

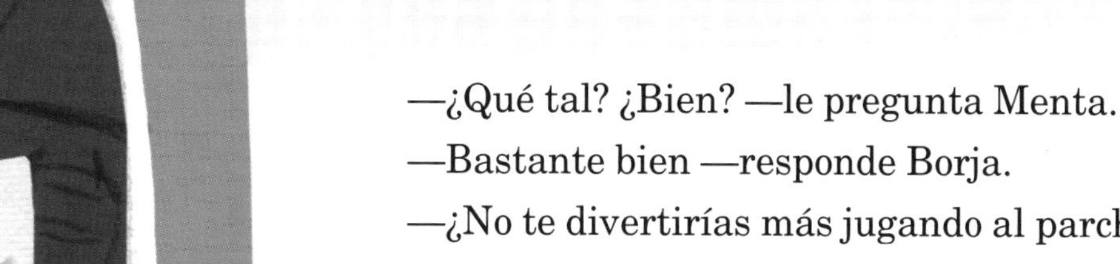

—¿Qué tal? ¿Bien? —le pregunta Menta.

—Bastante bien —responde Borja.

—¿No te divertirías más jugando al parchís con ellos?

—No, porque son unos burros.

—No me parecen unos burros —dice ella—. Más bien parecen bastante espabilados.

—Quizá sí, pero, en todo caso, hacen que siempre vaya todo mal.

—¿Siempre? Ayer jugabas con Clara y Lola al escondite inglés y parecía que lo pasabas muy bien.

—Sí. Es verdad, pero es que hoy me he enfadado porque Pablo se equivocaba al contar.

—¡Ah! Ahora lo entiendo. Te has enfadado tú, no ellos.

—Bueno. Sí, pero me he enfadado porque el juego iba muy lento.

—¿Te habría gustado que el juego fuera a otro ritmo?

—Sí.

—¿Y qué pensabas, mientras?

—Que todo era un desastre y que no lo podía aguantar más —masculla Borja.

—¿Es mejor estar aquí solo, sin nadie con quien jugar?

—No, pero... Pero no he podido evitar decir todo lo que he dicho.

—Y, ahora, ¿te encuentras mejor? ¿Te sientes más tranquilo?

Borja no tiene que pensar mucho rato la respuesta.

—No. Estoy peor. Además de estar solo, siento mi cuerpo inquieto, como si me pasara una corriente eléctrica.

—Eso es la ira. O sea, esto pasa cuando estás muy enfadado y no te puedes controlar.

—¿Y cómo puedo controlar la ira?

—Mira, te daré algunos trucos —dice Menta—. Antes que nada, cuando notes que te estás enfadando, espera antes de hablar. Cuenta hasta diez muy despacio, respira hondo y, después, piensa si quieres decir lo que ibas decir, y si es así, habla.

—¿Y qué pasará?

—Tal vez no dirás lo que querías decir sino otra cosa. O tal vez lo dirás, pero sin enfadarte.

—¿Y qué más?

—Segundo truco: te tienes que quitar de la cabeza ese pensamiento de «es un desastre». Mejor que pienses: «¡No pasa nada! No es el fin del mundo. Y enfadarme no resolverá nada.»

—¿Quieres decir que no me lo tengo que tomar todo tan en serio?

—¡Exacto! Se trata justamente de eso. Y tercer truco: es muy importante que pienses qué pasa después de que te hayas enfadado.

—¿Como, por ejemplo, hoy, que me he quedado solo?

—Eso mismo. No te sientes mejor por haberte enfadado y, además, estás solo y sin jugar.

—Pues la verdad es que tienes razón. ¿Algún truco más?

—Pues sí. El último: si hay personas o situaciones que te irritan mucho, que te hacen enfadar mucho, procura ahorrártelas —dice Menta. Y da una voltereta antes de continuar—: Ahora ve a decirles que quieres volver a jugar. Y no te olvides de pedir disculpas antes, ¿eh?

Borja corre hacia sus compañeros.

—¡Eh! Siento lo que he dicho antes. ¿Me perdonas, Pablo?

Pablo dice que sí con la cabeza.

—¿Quieres jugar con nosotros? —pregunta Clara.

—¡Claro! ¿A qué jugáis?

—A la rayuela —dice Lola.

—Vamos —dice Pablo—. Te toca.

Lola le entrega la piedra. Borja la tira, da tres saltos a la pata coja y se agacha, haciendo equilibrios, para recogerla. Pero no consigue aguantarse de pie, resbala y se cae de culo.

Los otros tres se parten de risa.

—¡Anda! Vaya caída.

Borja nota que se está empezando a enfadar y que quiere decirles: «¡Burros, tontos, memos! ¿Quiénes os creéis que sois para reíros de mí de esta manera?»

Borja siente todo el cuerpo electrificado y piensa: «¡Qué desastre! Nunca más jugaré con ellos a la rayuela.»

Y, en ese momento, ve al hada Menta volando no muy lejos de allí.

Y recuerda sus trucos y piensa que no pasa nada. Caerse al suelo no es el fin del mundo.

Y empieza a contar, poquito a poquito, hasta diez. Respira muy hondo y...

—¡Ja, ja, ja! —se empieza a reír—. ¿Ha sido brutal, verdad, como me he caído de culo?

—¡Pues sí! Ha sido como en una peli.

Borja siente que ya no le pasa la corriente por todo el cuerpo y que está feliz y tranquilo. ¡Son buenos, los trucos de Menta!

¿MALA SUERTE O BUENA SUERTE?

Saber buscar la parte positiva en las situaciones negativas

Irene sale del colegio muy contenta.

La abuela la está esperando y la niña se lanza con fuerza a sus brazos.

—¡Mañana iremos al acuario! —dice.

La abuela sabe que a Irene le gustan mucho los animales, así que es consciente de la ilusión que le hace ir al acuario.

Cuando van hacia casa, Irene mira al cielo.

—No lloverá mañana, ¿verdad, abuela? Han dicho que si llueve, no saldremos y nos quedaremos en el colegio.

—No, me parece que no. Hará buen tiempo y podréis ir.

Por la noche, Irene le pide a su madre que pongan el despertador más temprano que nunca para no llegar tarde al colegio. No se quiere perder el autocar que los llevará al acuario.

Irene prepara las cosas para el día siguiente y se va a la cama. Le cuesta mucho dormirse. Está nerviosa de tantas ganas que tiene de ver a los animales acuáticos. No se puede estar quieta en la cama. Se levanta porque tiene sed, y se vuelve a levantar porque le duele el estómago.

—Irene, no quiero volver a decírtelo —la avisa mamá—. Acuéstate y no te levantes más.

Por fin, Irene se duerme y sueña con tiburones y delfines. ¡Sobre todo con delfines! Saltan y pasan por el interior de un aro y hacen piruetas. Y, de repente, un delfín vomita.

Irene se despierta con la cama llena de vómitos. «¡Anda!», piensa la niña, «soy yo quien ha vomitado y no un delfín».

—¡Mamáááááááá!

La madre entra con los ojos medio cerrados.

—¡Oh! Irene, ven.

Mamá la coge y la lleva hasta el baño.

Irene tiene más ganas de vomitar. Cuando termina, mamá la limpia.

—¡Uy! Estás muy caliente.

Mamá le pone el termómetro y, mientras, le hace la cama con sábanas limpias.

—A ver —dice mamá, y coge el termómetro.

Lo mira y pone mala cara.

—Ay, Irene, tienes fiebre.

Irene tiembla, no por la fiebre, sino por miedo a perderse la salida escolar.

—¿Podré ir al acuario?

—Ya lo veremos mañana por la mañana. Si tienes fiebre, no.

Y, al día siguiente, Irene tiene mucha fiebre, y continúa vomitando. Encima, mamá tiene que ir a trabajar, la abuela tampoco puede ir a quedarse con ella y tienen que llamar a Gloria, que le hará de canguro.

Irene llora desconsoladamente.

—Quiero ir al acuario.

—Lo siento, Irene, pero no puede ser.

—No quiero que te vayas a trabajar.

—Me tengo que ir.

—No quiero quedarme con Gloria.

—Pequeñita, tienes que quedarte con ella; no tenemos otra solución. Y Gloria te quiere mucho.

Irene se queda en la cama llorando. Tiene una buena rabieta.

Gloria se acerca para tranquilizarla, pero no sirve de nada. Irene da patadas y grita y llora y saca mocos.

—¡Bueno! Cuando estés más calmada, volveré a la habitación —dice Gloria.

Y la deja sola.

Irene gimotea y se queja.

—¡Qué mala suerte! ¡Qué mala suerte!

—¿Cómo? ¿Por qué tienes tan mala suerte?

Irene mira por encima de las sábanas y ve al hada Menta.

El hada vuela hasta la almohada de Irene.

—Tengo mala suerte porque estoy enferma y no he podido ir al acuario.

—¿Mala suerte? ¿Buena suerte? Quién sabe...

—Pero qué dices, Menta. No entiendes nada de nada, ¿eh? Esto que me pasa es mala suerte.

Irene se echa a llorar todavía más desconsoladamente.

—Creo que lo miras por el lado malo.

—¿Y cómo quieres que lo mire? ¡Me he perdido a los delfines!

El hada da una voltereta sobre la almohada. Después, se levanta y vuela hasta la altura de los ojos de Irene. Agita las manos y un montón de estrellitas verdes acaban sobre los párpados de la niña.

—Míralo así, tesoro. Las cosas no son ni buenas ni malas. Solo son como nosotros las queramos ver.

—Quedarse en casa y no poder ir al acuario no tiene nada de divertido. Es un asco.

—¡Oh! Vamos a ver. Primero: mamá te ha dejado preparada una manzana al horno, que te gusta un montón.

—¡Sí!

—Pues, en el acuario, no te la habrías podido comer. Y segundo, Gloria es una gran especialista en animales, especialmente en delfines y ballenas. ¿Por qué no la llamas y se lo preguntas?

Gloria ha oído que Irene la llama y va enseguida a la habitación.

—¿Quieres saber cosas sobre los delfines? Te puedo contar muchísimas.

Entonces, Gloria saca a Irene de la cama, la abriga bien y la lleva delante del ordenador. Juntas buscan fotografías de delfines y de ballenas. Se pasan toda la mañana. Gloria le explica un montón de historias sobre esos animales...

Y a mediodía Irene se toma la manzana, que está para chuparse los dedos.

Y por la tarde hace dibujos de delfines y Gloria le enseña una canción en la que una ballena y un delfín son amigos.

Y cuando llega mamá, Irene le cuenta que se lo ha pasado muy muy bien.

—¿Así que no estás triste por no haber podido ir al acuario?

—No, mamá. Estoy contenta.

Cuando se va a dormir piensa que, al final, ha sido una suerte no ir al acuario, porque así ha podido oír todo lo que Gloria sabe sobre los animales acuáticos. Y ha aprendido un montón de cosas interesantes. Se lo ha pasado genial.

El hada Menta aparece dando vueltas muy muy deprisa.

—¿Ves, Irene, como yo tenía razón? La buena suerte o la mala suerte no existen. Todo depende del modo en el que miramos las cosas.

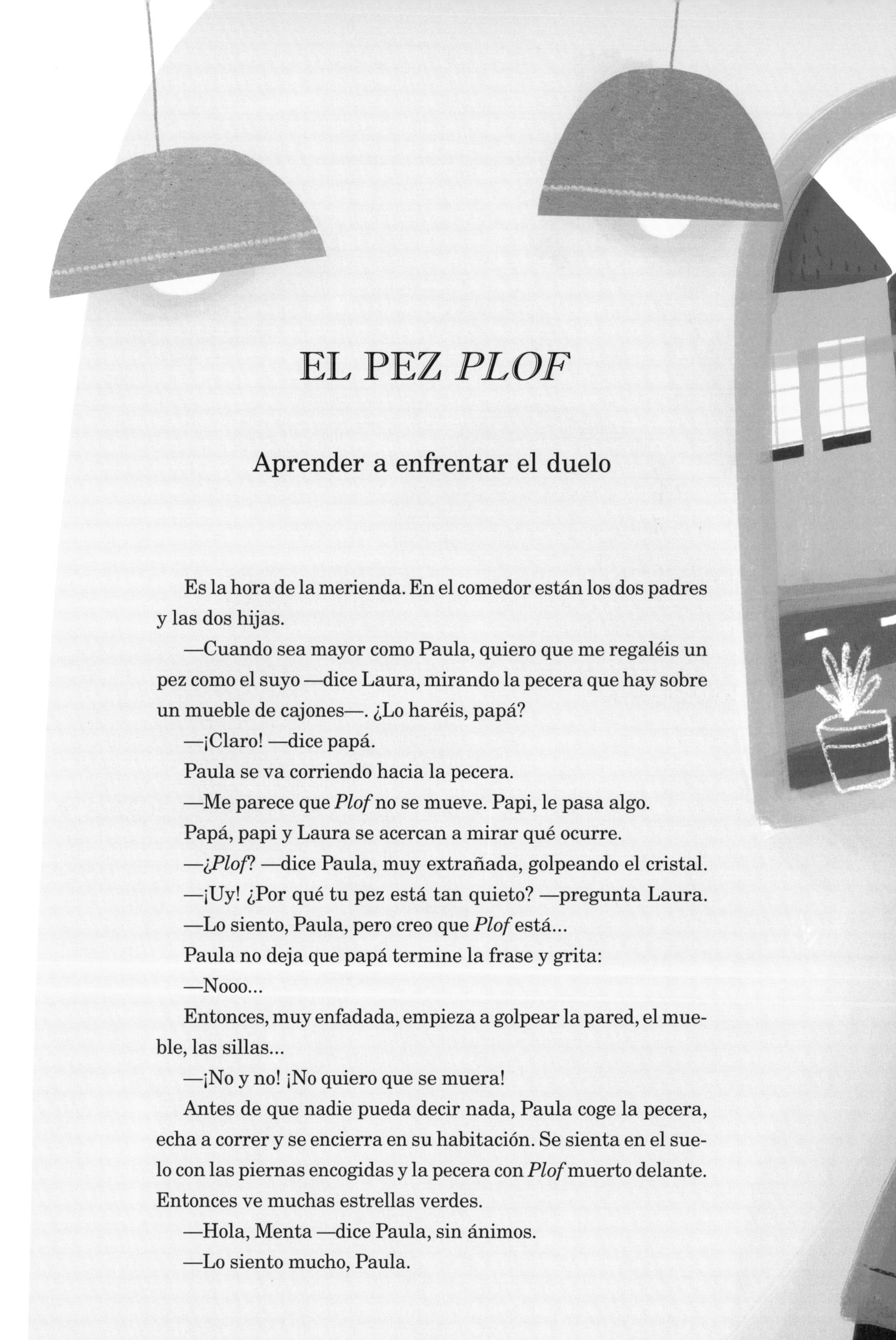

EL PEZ *PLOF*

Aprender a enfrentar el duelo

Es la hora de la merienda. En el comedor están los dos padres y las dos hijas.

—Cuando sea mayor como Paula, quiero que me regaléis un pez como el suyo —dice Laura, mirando la pecera que hay sobre un mueble de cajones—. ¿Lo haréis, papá?

—¡Claro! —dice papá.

Paula se va corriendo hacia la pecera.

—Me parece que *Plof* no se mueve. Papi, le pasa algo.

Papá, papi y Laura se acercan a mirar qué ocurre.

—¿*Plof*? —dice Paula, muy extrañada, golpeando el cristal.

—¡Uy! ¿Por qué tu pez está tan quieto? —pregunta Laura.

—Lo siento, Paula, pero creo que *Plof* está...

Paula no deja que papá termine la frase y grita:

—Nooo...

Entonces, muy enfadada, empieza a golpear la pared, el mueble, las sillas...

—¡No y no! ¡No quiero que se muera!

Antes de que nadie pueda decir nada, Paula coge la pecera, echa a correr y se encierra en su habitación. Se sienta en el suelo con las piernas encogidas y la pecera con *Plof* muerto delante. Entonces ve muchas estrellas verdes.

—Hola, Menta —dice Paula, sin ánimos.

—Lo siento mucho, Paula.

—¿Crees que se despertará?

—No. Porque no está dormido; está muerto.

—¿Y por qué se ha muerto?

—Mira —dice Menta. Y la arrastra hacia la ventana desde donde se ve un árbol con pocas hojas, la mayoría están en el suelo, secas—. ¿Ves? Son hojas muertas, por eso se caen.

—Ya, pero ¿por qué se mueren?

—Pues porque ya son viejas. Quizá *Plof* también era viejecito, o quizás estaba enfermo.

Paula se sienta de nuevo en el suelo delante de *Plof*. Y Menta, a su lado.

Unas lágrimas muy gordas ruedan por las mejillas de la niña.

—Me da mucha pena que se haya muerto. ¡Mucha!

—¡Claro! Pero ahora ya no puedes hacer nada, lo sabes, ¿verdad?

—¿Quieres decir que quizá se ha muerto por mi culpa?

—¡Claro que no! ¡Al contrario! Si tú siempre lo has cuidado muy bien, le has cambiado el agua, le has dado de comer...

—Le he cantado canciones... ¿No puede durar todo para siempre?

—No, no puede ser. Nos tenemos que acostumbrar.

—¿Hay más cosas que se pueden acabar? —solloza Paula.

—Sí, hay más. Por ejemplo, que tu mejor amiga se vaya a otro colegio, que te enfades con un amigo, que se extravíe tu juguete preferido, que te echen a perder un dibujo que te gusta mucho...

Paula llora más fuerte.

—Me pone triste y no tengo ganas de hacer nada —dice, tumbándose en el suelo y sollozando con intensidad.

El hada vuela por encima de la niña y le suelta una lluvia de estrellas.

—Pero, mira, esto que te pasa es normal. Estar triste, estar desanimada, no tener muchas ganas de hacer nada es una reacción normal.

—¿Y qué puedo hacer, Menta?

—De entrada, lo que haces: llorar. Es importante que saques fuera la tristeza.

—¿Todo el mundo lo hace?

—¡Sería bueno que todo el mundo lo hiciera, sí! Y es importante tenerlo claro.

En ese momento, se oye cómo llaman a la puerta.

—Paula, preciosa, ¿por qué no abres la puerta? —dice papá.

—Porque quiero estar sola.

—¿No quieres un poco de tarta —dice papi.

—No quiero tarta, ni quiero salir. Quiero que me dejéis en paz.

Y Paula continúa llorando.

—Es que lo quería mucho, Menta.

—Lo sé, lo sé —dice el hada, que se le acerca y le toca el corazón—. Y ahora tienes frío.

—¿Frío? No.

—Claro que sí. Tienes frío en el corazón, porque estás triste —dice Menta—. ¿Y sabes cuál es el mejor remedio? Los abrazos, porque dan calor.

Menta intenta abrazar a Paula.

—¡Eres demasiado pequeñita! —dice la niña.

—¡Pues aquí tienes a alguien que te ayudará! —dice Menta. Y le acerca el oso de peluche.

Paula lo coge entre los brazos y se abraza a él muy fuerte.

—¡Me gusta abrazarlo! Hace que me sienta mejor.

—Claro, los abrazos consuelan mucho. Hacen que sientas menos dolor.

—Lo pasaba tan bien con *Plof*... ¡Incluso hice un álbum de fotos de él! ¿Quieres que te lo enseñe?

—Me gustaría mucho verlo.

Paula se levanta y coge un álbum lleno de fotos de *Plof*.

—¿Ves? —le dice a Menta—. Aquí fue cuando lo pusimos en la pecera nueva. Y aquí cuando lo sacamos al patio a tomar el sol.

Paula parece más contenta.

—¡Pues ya lo ves! ¡Tú hiciste muy feliz a *Plof*!

Paula vuelve a sollozar.

—Sí... pero ya no lo veré nunca más.

—Creo que necesitas otro abrazo, ¿no crees?

—Quizá sí —dice Paula.

Se oyen más llamadas a la puerta.

—¿Paula? ¿Por qué no sales? Te queremos abrazar —dice papá.

—Te queremos consolar —dice papi.

—Y yo te quiero dar un trozo de tarta —dice Laura.

Menta mira a Paula y dice:

—¿No te parece que quizás estaría bien que abrieras la puerta? Un abrazo te iría de maravilla. Y a tus padres y a tu hermana también.

Paula dice que sí, que abrirá.

—Además —añade Menta—, cuando estás tan triste porque has perdido a alguien muy querido o algo que apreciabas mucho, es muy importante que comas y que duermas bien.

—Comeré tarta.

—Y una cosa más: tienes derecho a pasarlo bien. No es una traición a *Plof*. Él querría que jugaras, te rieras...

Paula abre la puerta y se funde en un abrazo con sus dos padres.

Después, coge el trozo de tarta que le da Laura. Y sonríe.

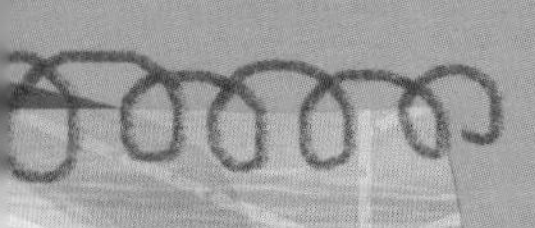

EL CONCURSO DE MAGDALENAS

El fracaso como oportunidad para aprender

Linus se está entrenando para un concurso de postres y está haciendo unas magdalenas. El concurso es mañana, pero quiere que primero las pruebe su familia y por ello los ha invitado a todos a merendar. Seguro que le dirán que están buenas porque él es buen cocinero. Sabe hacer unas galletas buenísimas, aunque es la primera vez que hace magdalenas.

Linus se ha puesto un gorro de cocinero y un delantal. Ha cogido unos moldes y los ha llenado hasta arriba. Después mamá los ha metido en el horno. Ahora está esperando a que se acaben de cocer.

En ese momento, suena un timbre.

—¡Maaaaaamáááá! —grita Linus, emocionado—. ¡Ya están listas!

Mamá le dice que vaya a la mesa con los demás, que ella llevará la bandeja.

Linus corre hacia el comedor y se sienta con papá, el abuelo y la abuela, el tío, la tía y la prima. Cuando ve que se abre la puerta de la cocina, grita:

—¡Tachán! ¡Magdalenas gigantes! —Pero cuando las magdalenas están en la mesa no puede evitar la decepción—: ¡Oh!

Las magdalenas se han salido del molde y han quedado muy abombadas y llenas de bultos.

—No pensaba que quedarían así.

—No importa la forma que tengan —dice papá—, seguro que están muy ricas.

—¿A esto lo llamas magdalenas? —pregunta su prima, con pinta de estar riéndose de él.

—Bueno, quizá se han desparramado un poco, pero... —Linus intenta animarse—. ¡Va, probadlas!

—No sé si las quiero probar —dice su prima—. ¡Parecen cacas!

La prima se ríe y Linus no está nada contento; frunce la nariz.

El abuelo coge una y la prueba.

—Mmmm. No están muy dulces, ¿no creéis?

—No. En absoluto —dice papá—. ¿Te has acordado de poner azúcar?

—Sí —dice Linus—. Pero quizás he puesto poco.

—Linus, las tendrás que mejorar —dice mamá.

—Sí —dice la prima—, con estas «cacas» sin azúcar... ¡No ganarás!

Linus está enfadado, se quita el gorro y lo tira al suelo.

—Se acabó. No me presentaré al concurso.

—¡Linus! —lo llaman mamá y papá.

Pero él corre a encerrarse en su habitación.

Linus, frustrado y triste, está sentado en la cama. De repente huele a menta.

—¡Menta, has venido!

El hada revolotea sobre él y suelta estrellas verdes.

—¡Claro! Yo también quiero probar tus famosas magdalenas gigantes. El concurso es mañana, ¿no?

—Sí, pero ya no me pienso presentar —responde Linus, muy desanimado—. Mis magdalenas son cacas de vaca.

—¿Y cómo te las has apañado para hacer cacas en vez de magdalenas?

—Pues es que las quería hacer gigantes y, por eso, he llenado mucho los moldes, pero se han salido del molde y se han deformado todas.

—¿Y eso es todo?

—¿Te parece poco? —dice Linus—. ¡He fracasado!

—Los fracasos sirven de mucho.

—¿Ah, sí? ¿No me digas? —dice Linus con sorna.

—Pues sí, Linus. Sirven para ver en qué te has equivocado y saber que puedes volverlo a probar intentando rectificar.

—Sí, ¿pero cómo? ¡Los moldes son demasiado pequeños!

—Pues entonces tendrás que usar la cabeza. A ver, piensa. ¿Podrías encontrar unos moldes más grandes?

Linus se ha puesto de pie y piensa. De repente, sonríe. Parece que tiene una idea.

—¡Ya lo tengo! —grita.

Linus corre hacia la cocina, abre un armario y saca unos moldes de hacer flanes.

El hada le guiña el ojo y los dos sonríen.

Linus empieza a hacer la masa de nuevo. Bate los huevos, añade harina y una pizca de azúcar...

—¡Uy! Mi prima decía que no eran suficientemente dulces... —dice, y prueba la masa—. Pondré más azúcar.

—¡Cuidado! —dice Menta.

Pero Linus continúa añadiendo azúcar. Y un poco más.

—La probaremos —dice hundiendo el dedo primero en la masa y luego metiéndoselo en la boca—. Poco dulce.

Entonces, vuelca todo el paquete dentro del bol.

—¡Serán las magdalenas más dulces del mundo!

—Quizá demasiado —dice Menta.

En aquel momento, entra su prima en la cocina.

—¿Puedo probar la masa? —pregunta. Y antes de que Linus diga nada, coge una cuchara y la hunde en ella.

—Va, a ver qué te parece —dice Linus.

La niña la prueba y, de repente, su cara de alegría se le transforma en cara de asco.

—¡Puaj! ¡Esto no vale nada, Linus!

La niña se sirve un vaso de agua y se lo traga sin respirar.

—¡Pero si he puesto azúcar!

—¡Pues has puesto tanto que son demasiado dulces! Quizá deberías olvidarte del concurso —dice, y lo deja solo en la cocina.

—Soy un fracasado —dice Linus.

—¿Un fracasado? —dice Menta—. No estoy de acuerdo. Eres una persona que con cada fracaso aprende una cosa nueva y, al final, lo conseguirás. Como todo el mundo.

—¿Estás segura?

—Claro. No puedes abandonar. ¡Solo las tienes que volver a hacer con el azúcar justo!

Ahora Linus vuelve a empezar. Esta vez no se pasa de azúcar, va probando la masa hasta que cree que está bien. La remueve y la vuelca en los moldes de flan.

—¡Papá! ¿Metes los moldes en el horno? —pide.

—Anda, chico, qué buena idea, esta de usar moldes de flan. Te saldrán unas magdalenas gigantes.

Y, efectivamente, al cabo de un rato, papá abre el horno y salen unas magdalenas perfectas: con forma de magdalena y no de caca, doraditas...

—¡Ahora sí que puedes presentarte al concurso! Te han quedado muy muy bien —dice papá—. ¿Puedo probar una?

—Nos la podemos partir —propone Linus.

—Mmm. Está deliciosa —saborea papá—. No me extrañaría que ganaras el concurso.

Linus está feliz. Ha valido la pena fracasar para aprender.

LLUVIA DE IDEAS

Despertar la creatividad

Hoy Gael ha invitado a dos amigos y dos amigas de la clase a su casa. Tienen que hacer algo muy importante: decidir los disfraces de este año para Carnaval.

Ahora están merendando unos bocadillos de queso y unos zumos de naranja que les ha preparado el padre de Gael. En la mesa, con ellos, está Toni, el hermano de Gael. Es más mayor, pero no sabe hablar muy bien.

—¿A tu hermano le pasa algo? —le pregunta una de las niñas.

—¿Lo dices por cómo habla?

—Por cómo habla. Y también porque todo el rato se toca la oreja y hace ruido con la lengua.

—Y porque parece que no estemos. No nos mira nunca —dice uno de los niños.

—A vosotros, no. A mí sí que me mira. Ya lo veréis.

Se levanta, se acerca a su hermano, le coge una mano y le dice:

—¡Toni!

Toni se lo queda mirando y le sonríe.

—¿Veis como me mira? Lo que ocurre es que hay que saber cómo hacerlo, porque mi hermano es especial. Es autista.

—¡Ah! ¿Y también se disfrazará por Carnaval?

—Claro que sí.

—¡Eh, vamos! ¡Que todavía no tenemos pensados los disfraces!

—¿De piratas? —dice uno.

—¡Anda! ¿Como el año pasado? —dice otra.

—¿De princesas?

—¡Bah! Muy visto. No tenemos muy buenas ideas, ¿eh? —dice Gael.

En ese momento, llega volando el hada Menta.

—¡Menta! —gritan todos muy alterados.

—Para tener buenas ideas, tenéis que entrenar la cabeza. ¿No lo sabíais?

—No —dice Gael.

—Quieres decir que hagamos como para patinar, que tenemos que entrenar los pies.

—Exacto. O entrenar como para ir en bicicleta o para hacer

un pastel o para escribir una redacción. Para tener ideas, tenéis que entrenar la cabeza.

—¿Y la cabeza, cómo se entrena? ¿Haciendo gimnasia?

—Gimnasia mental. Eso mismo. A ver: ¡mirad alrededor, pensad, buscad!

—¡Ya sé qué quieres decir! Vamos al ordenador —dice uno de los niños.

Van al estudio donde papá está trabajando. Le piden que ponga la palabra «disfraz» en el buscador y...

—¡Hay un montón! ¿Nos los imprimes, papá?

—¡Hecho! —dice papá, y presiona una tecla.

Mientras la impresora escupe una hoja tras otra, el hada Menta, escondida detrás de una cortina, murmura: «Mmm. Esto no es precisamente entrenar la cabeza.»

La pandilla vuelve corriendo al comedor.

—Aquí hay un montón de ideas, ¿eh?

Se ponen a mirar las hojas.

—Sí, muchas, pero son las de siempre —dice una niña.

—Superhéroe, carpintero, princesa, príncipe, cocinera...

—Es verdad: estos disfraces no son muy originales.

—Al paso que vamos, este año Carnaval será una caca.

Vuelve a aparecer el hada Menta.

—¿Una caca? ¡Anda ya! Lo que necesitáis es una lluvia de ideas.

—Pero ¿cómo? ¡Nosotros no sabemos hacer llover!

—Es muy fácil: dibujaremos una nube. Y dentro pondremos todo lo que queramos.

—Los disfraces de Internet.

—Y mi tutú —dice una niña, abriendo la bolsa y sacando el tutú de baile.

—Y mis cromos de bichos —dice un niño. Y los mete dentro de la nube.

—Y mi cajita de música —avisa la otra niña.

—Y a uga —dice Toni.

—¿Qué?

—A *Tuga* —aclara Gael—. Nuestra tortuga.

Y ponen un montón de cosas más.

—Y ahora, ¿qué?

—Pues ahora, todo esto es la lluvia de ideas —dice Menta—. Coged dos o tres al azar y probad a juntarlas.

Una niña ha sacado el tutú y un cromo de una mosca.

—¡Eh! ¡Ya lo tengo! ¡Disfraz de mosca bailarina!

—Qué idea tan original —dice la otra niña, que ha sacado uno de los disfraces de Internet de princesa y una espada—. ¡Y yo seré la princesa guerrera!

Entonces Toni se acerca a la nube y coge la tortuga y un monopatín. Y se lo enseña a los demás.

—¡Viva! Qué idea tan brillante, Toni. Una tortuga que va en monopatín. Así irá muy rápido.

—Me parece que con estas ideas tan molonas, nuestros disfraces serán los mejores.

—¡La lluvia de ideas es genial!

NI TÚ NI YO

Aprender a negociar

En clase de plástica, los niños y niñas estuvieron trabajando el barro e hicieron casitas, coches, bosques... Después, lo dejaron todo sobre un plástico para que se secara.

Hoy llega el gran día de pintarlo todo. Niñas y niños están emocionados.

Eva y Joaquín están delante de su casita de barro y pintan las paredes de color naranja.

—¡El tejado tiene que ser rojo! —dice Eva.

—¿Rojo? —dice Joaquín—. ¡Anda! ¿Y por qué no puede ser verde?

Eva dice que no con la cabeza. Coge el bote de pintura roja y moja el pincel.

—Porque... —dice, y lo hace remarcando muy bien las sílabas—... tiene que ser rojo. Los tejados son rojos.

Y con el pincel lleno de pintura roja se acerca a la casita.

Entonces, Joaquín la detiene y le coge el pincel por la otra punta.

—¿Quién lo dice? —dice él, muy enfadado—. Yo quiero que sea verde. Verde y de ningún otro color.

Eva y Joaquín estiran el pincel, cada cual por un lado.

—Rojo —grita Eva.

—Verde —grita Joaquín.

Y Eva y Joaquín continúan estirando, cada vez más enfadados.

—¡Siempre tenemos que hacer lo que tú quieres! —se queja Joaquín.

En ese momento, la profesora se da cuenta de lo que ocurre y va directa hacia ellos.

—Basta ya. Se acabó. Dadme el pincel ahora mismo.

La profesora coge el pincel, mientras el niño la mira con cara de pena.

—¡Si no sabéis poneros de acuerdo, no pintaréis la casita y ya está! —les advierte.

En ese momento, suena el timbre para ir al patio.

—Dejadlo todo tal como está —dice la profesora a los niños

y niñas de la clase—. Ahora vais a jugar un rato y después lo acabáis.

Eva se ha quedado en un rincón, con los brazos cruzados y cara de enfadada.

—¿No quieres salir al patio? —pregunta la profesora.

—No —dice Eva.

—Pues tú misma —dice la profesora. Y la deja sola.

Eva está enfadada con Joaquín porque no ha querido pintar el tejado de rojo, con la maestra porque no los ha dejado continuar pintando y con ella misma porque no ha querido salir al patio.

En ese momento, todo se llena de estrellas verdes. Es el hada Menta.

—Menta, hola —saluda Eva.

—¿Todavía estás con esos morros? —pregunta el hada.

—¿Y qué quieres que haga? Es culpa de Joaquín.

—No, no es culpa de Joaquín. Ni tuya.

—Pues, es culpa de la profesora, que nos ha quitado el pincel.

El hada Menta sonríe.

—¡Noooo! La culpa es de no haberos sabido poner de acuerdo tú y Joaquín.

Menta abre los brazos. Y en una mano, le aparece un bote de pintura roja.

—Tú quieres que sea roja... —dice.

Y en la otra mano, le aparece un bote de pintura verde.

—... y él quiere que sea verde.

Menta levanta el brazo donde tiene el bote de pintura roja. Ahora el bote rojo está más arriba que el bote verde.

—Se trata de equilibrar la balanza.

Menta levanta el brazo del bote de pintura verde y lo iguala al nivel del otro bote.

—No lo entiendo —dice Eva.

Menta agita las manos y desaparecen los botes de pintura.

—Lo que quiero decir es que la única solución es que lo habléis. Tú cedes un poco, él también y equilibráis la balanza. Así quizá llegaréis a un acuerdo.

—¡Quizá sí!

Y, entonces, Eva sale corriendo al patio.

—¿Y por qué el tejado tiene que ser verde? —le pregunta a Joaquín.

—Pues porque así parecerá una casita galáctica.

—Pues lo siento, pero a mí las casitas galácticas no me gustan. Prefiero las que salen en mis cuentos... ¡Y todas tienen el tejado rojo!

—Ya volvemos a estar como antes —observa Joaquín.

Eva se queda pensando: a ella no le gustan las casitas galácticas y a Joaquín no le gustan las casitas de los cuentos de toda la vida...

—¿Sabes qué, Joaquín? Nos tenemos que poner de acuerdo. El tejado no puede ser ni rojo ni verde.

—Tienes razón —dice Joaquín—. Pensemos un color que nos guste a los dos. ¿Negro?

—¡Ecs! —dice Eva—. ¿Qué te parece si lo pintamos de lila?

—¡Ay! Nooo —se asusta Joaquín.

—¿Y amarillo? —pregunta Eva.

—¡Buena idea! Es un color que me gusta mucho —dice Joaquín, y choca las manos con Eva.

—Al final nos hemos puesto de acuerdo, ¿eh? —dice Eva, muy contenta.

UN CULITO COMO UNA SETA

Combatir el dolor con imágenes agradables

Alex está en la cocina jugando con su tren de madera. Entonces llaman a la puerta de casa.

—Buenos días. Vengo a ponerle la inyección a Alex —dice la enfermera.

A Alex se le ponen todos los pelos de punta. No quiere inyecciones. Le dan miedo las agujas, porque, cuando se las clavan en el culo, le duelen muchísimo.

El niño abandona el tren para esconderse. Se encierra en el armario donde están las escobas y la fregona. Desde allí dentro, oye que sus madres lo llaman.

—Alex, ¿dónde estás? —dice mamá.

—¿Te has escondido? —pregunta mami.

—Quizá se ha metido debajo de la cama.

—No. No está.

Desde dentro del armario, se da cuenta de que lo buscan por todo el piso: en la cesta de la ropa sucia, en la bañera, en el armario de la ropa blanca, en el armario de las escobas...

—¡Aquí! —dice mamá, que lo abraza para sacarlo de allí dentro.

—Ven conmigo, ratoncillo —dice mami.

Y entre las dos lo llevan a la habitación donde está la enfermera.

—Así me gusta —dice la enfermera—, ¡que seas valiente!

—No quiero que me claves la aguja —protesta Alex.

—¡Eh! —dice la enfermera—. Si no será nada, ya lo verás. Solo un pinchacito, como si fuera un mosquito.

Alex la mira con desconfianza. No se lo acaba de creer.

—Túmbate en la cama —dice mami.

Cuando Alex se tumba sobre la cama, mamá le baja un poco los pantalones.

Mientras tanto, la enfermera pasa un trozo de algodón con alcohol por la nalga de Alex. Prepara la jeringuilla y separa la aguja.

—¡Ay, ay! —dice Alex mirando la aguja de reojo—. Me dolerá... No quiero que me pinches.

—No pasa nada. Relájate —dice la enfermera—. Una picadita de mosquito...

Y, ¡pam!, le quiere clavar la aguja, pero Alex está tan nervioso que aprieta mucho el culo. El culo se pone duro. Alex grita:

—¡Ay, ay, ay!

Y la aguja rebota.

Alex se va corriendo y vuelve a esconderse dentro del armario de las escobas.

Desde allí, oye a mamá y a mami que dicen:

—Está nervioso, pobrecito.

—Dejémoslo un rato solo, a ver si se calma.

Y Alex dice para él mismo:

—Sí, sí... No pienso salir de aquí.

De pronto huele a menta y aparece el hada que lo ilumina todo con una luz muy verde.

—Pero si es un pinchacito de nada, Alex —le susurra.

—¿De nada? Se nota que no era tu culo, Menta. ¡El pinchazo me ha dolido mucho!

—Te entiendo... ¿Pero quieres saber por qué te ha dolido?

—¡Porque es una aguja inmensa, gigantesca, colosal!

—¡No! Es por otra razón. Fíjate.

Y Menta saca una piedra del bolsillo.

—Mira, esto es tu culo cuando estás nervioso o cuando notas dolor.

—¿Una piedra...?

—Efectivamente —dice el hada, que saca una seta del bolsillo—. Y esto es tu culo cuando estás relajado, cuando no notas dolor.

Alex toca la piedra y la seta. ¡Qué diferentes! La primera, dura; la otra, blanda.

Entonces, el hada hace aparecer una aguja.

—¡Eh, eh, eh! —dice Alex sin querer ni mirarla.

—Cógela y clávala en la piedra.

Alex lo intenta pero no puede: la aguja rebota.

—Ahora, intenta clavarla en la seta.

¡Pam!, la aguja entra sin ninguna dificultad.

—¡Qué fácil!

—Pues sí, fácil y, además, así no duele. Si tu culito fuera blando como una seta, el pinchazo no te dolería más que...

—... una picada de mosquito! —acaba la frase Alex.

—Eso mismo —dice Menta.

—Todo esto que me has contado está muy bien... ¡Pero no sé cómo convertir mi culito en una seta!

—¡Con imaginación!

—¿Cómo?

—Mira, cuando tengo que tomarme el jarabe de babosa, yo cierro los ojos y me imagino que me tomo un zumo de fresa y melón.

—¿Y funciona?

El hada Menta se encoge de hombros.

—Me da menos asco.

—Y yo, ¿qué me puedo imaginar?

—Algo que te guste mucho y, además, te haga sentir tranquilo.

Alex se lo piensa.

—Ya lo tengo: las olas del mar cuando estoy en la playa. Me tumbo en la toalla y veo cómo vienen y van. Y me siento relajado y feliz.

—Pues, genial. Usa esa imagen cuando sientas dolor, concéntrate bien en ella y verás como el dolor es mucho más suave.

Alex sale del armario.

—¡Mami, mamá! Ya estoy preparado.

Las dos salen a buscarlo.

—Qué bien. Nuestro niño es un valiente.

Alex se tumba en la cama y mamá le baja un poco los pantalones.

—Muy bien —le dice la enfermera—. Y, ahora, lo importante es que no pongas el culo...

Alex no la deja acabar:

—Como una piedra, ¿verdad?

—Eso mismo. ¿Preparado?

—Todavía no. Un momento —dice Alex. Y se imagina que está en la toalla roja que tiene peces dibujados, y el cielo es muy azul, y las olas van y vienen, y hacen un ruido muy agradable: zas, zas, zas...

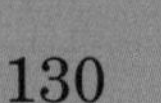

—¿A que no te ha dolido? —pregunta la enfermera, que le está rozando el culo con una turunda de algodón.

—¿Ya me la has puesto?

—Claro que sí. Ya hemos acabado.

—Anda —dice Alex—. Ni me he dado cuenta.

Se pone de pie y ve que Menta, colgada de la lámpara, le guiña un ojo.

¿AHORA QUÉ TOCA?

Gestionar bien el tiempo

Los niños y niñas de la casa de acogida están en el comedor desayunando. Hoy es fiesta y los educadores les han dicho que aprovecharán para ir al puerto para dar una vuelta en los barcos de paseo.

—Dentro de diez minutos tenemos que irnos —avisa un educador.

Eric se ha llevado un cómic a la mesa y, en vez de comer, lee.

—¡Eric, si no te acabas el desayuno, no podrás venir al puerto!

—Sí, ahora voy —dice, pero continúa con el cómic y sin hacer caso del bocadillo que tiene delante.

Los demás recogen la mesa. Un niño y una niña chocan los cinco.

—¡Hecho! —dice la chica—. Ya hemos acabado.

Todos cogen sus chaquetas. Todos menos Eric, que todavía está sentado a la mesa.

—¡Eh, no! ¡Esperadme! —grita Eric, levantándose deprisa, y sale tras ellos corriendo.

—Lo siento, Eric. No has terminado de desayunar. Te quedas conmigo —dice una educadora—. Anda, coge el bocadillo y acábatelo en el dormitorio, que tengo que ordenar el comedor.

Eric, malhumorado, se va a la habitación. Ve al conejito en la jaula en una estantería, pero no tiene ganas de decirle nada. De repente, observa un montón de estrellas verdes.

—¿Menta?

—Yo misma —dice el hada—. ¿Por qué no has ido al puerto con los demás?

—No me han esperado.

—¿Ah, no? ¿Y eso? —pregunta Menta, sorprendida.

—Porque a la hora del desayuno he estado leyendo un cómic y se me ha hecho tarde.

—¡Ah! No es que no te hayan esperado; es que tú no estabas listo a la hora de salir.

Eric afirma con la cabeza.

—Pero, Eric, todo tiene un momento y hay un momento para todo.

—¿Qué quieres decir?

—Que, si te organizas bien, tendrás tiempo para hacerlo todo.

—Pero yo no sé organizarme...

—¿Y cómo te lo montas en el colegio? ¿Nunca sabes qué asignatura toca?

—Es que en el colegio tenemos un horario —dice.

—Quizá podrías hacerte uno para casa. ¿No crees?

Dicho y hecho. Entre los dos, piensan qué actividades tiene que hacer Eric, cuánto rato dura cada una y qué días y a qué horas las tiene que hacer: hacer los deberes, ordenar su habitación, dar de comer al conejito, jugar, ducharse...

En una hoja de papel hacen un horario, dibujan las tareas y, junto a cada una, ponen un reloj. Después, cuelgan la hoja detrás de la puerta.

—Si sigues este horario, seguro que tendrás tiempo para todo.

—Antes que nada toca desayunar —dice Eric, enseñando el bocadillo—. Manos a la obra.

Y se come el bocadillo. Cuando acaba, se limpia las manos.

—A ver qué toca ahora... —dice Eric, acercándose al horario—: Ordenar la habitación, dar de comer al conejo, hacer deberes y, después, ¡maquinita!

Se va corriendo a la mesa donde tiene la consola portátil.

—¡Ostras! La maquinita mola más que ordenar la habitación y dar de comer al conejo y hacer deberes.

Coge la consola.

—Va, cambiemos el orden, que por una partidita no pasará nada —dice Eric.

Desde la jaula el conejito lo mira y arruga la nariz.

Eric se sienta en la cama y empieza a jugar. Y juega una partida y dos y tres... Y juega tantas que pierde casi toda la mañana.

De repente, entra la educadora en la habitación.

—¿Eric? ¿Todavía no has ordenado? ¿Ni le has dado de comer al conejo? ¿Te quieres poner a ello, por favor?

—Menta —llama cuando la educadora se va—. No sabré organizarme nunca.

—Claro que sí. Solo necesitas un poco de práctica. Va, yo te ayudo.

Menta hace aparecer un silbato y revolotea hasta el horario.

—¿Preparado?

—¡Sí!

—Hora de ordenar la habitación —dice Menta. Y silba.

Eric recoge los juguetes y dobla la ropa.

—¡Genial! —exclama Menta. Y vuelve a silbar—: Ahora, hora de dar de comer al conejo.

Cuando Eric acaba, Menta vuelve a silbar:

—Perfecto. Ahora, hora de los deberes.

Eric empieza por las mates. Hace sumas, pero de reojo mira el cómic, que está encima de la cama. El hada, que lo ve, vuela hasta el cómic y sopla el silbato.

Eric, pillado, sonríe. Después, continúa sumando, hasta que acaba.

—¡Hecho! Ahora toca dibujo —dice. Y se da cuenta de que ya no ha necesitado el silbato.

Justo cuando acaba, oye que los compañeros y compañeras han vuelto del puerto.

—Eh, Eric —dice el educador, abriendo la puerta—. Qué bien que has aprovechado el tiempo.

Eric le enseña el horario y le explica lo que ha hecho.

—¡Genial! Como lo tienes todo hecho, mientras preparamos la comida puedes ponerte a leer los cómics.

QUIERO DUCHARME SOLA

Derecho al propio cuerpo y a la intimidad

Sara acaba de cumplir seis años y la abuela y el abuelo la han llevado a una tienda para comprarle un vestido como regalo.

Después de mirar unos cuantos, Sara dice:

—Este me gusta mucho. —Y descuelga uno azul marino con dibujos de palmeras blancas. Y después coge otro de rayas rojas y naranjas—. Y este también.

—¿Y este? —dice el abuelo, enseñándole otro.

—¡No! Ese no me gusta.

Se van hacia los probadores, pero están ocupados y hay mucha cola.

—Va, Sara. Cámbiate aquí —dice la abuela.

—¿Aquí? ¿En medio del pasillo? Me verá todo el mundo...

—¿Y qué, niña? Eres muy pequeña, no pasa nada —dice el abuelo.

—Pero yo no quiero... no quiero.

—¡Uf! Qué niña más cabezota. Pues tendremos que esperar.

Sara está incómoda. Se siente mal porque los abuelos tienen que esperar por culpa de su cabezonería, pero lo tiene claro: no quiere desnudarse delante de toda esa gente.

Por fin, queda un probador libre y Sara entra. El abuelo y la abuela esperan fuera porque Sara se lo pide.

—Cuando te hayas puesto uno, sal para que te podamos ver, ¿eh?

Sara sale a enseñar primero el de rayas y después el de las palmeras. Todos están de acuerdo: el mejor es el de rayas rojas y naranjas.

Sara llega a casa con el regalo, muy contenta, y enseña el vestido a papá y mamá. Mamá no lo puede ver porque es ciega, pero lo toca para saber qué tacto y qué forma tiene. Y después para saber los colores juegan a un juego que tiene con Sara.

—Mamá, imagínate el sabor de las naranjas. Y el sabor de las fresas.

—¡Ya está!

—Pues el vestido es de los dos colores.

—¡Qué vestido tan bonito! Me encanta —dice mamá.

Después, se sientan todos a la mesa y comen un pastel y le cantan a la niña «Cumpleaños feliz».

Por la noche, Sara todavía piensa si ha estado bien no haberse querido probar los vestidos fuera del probador.

—¡Claro que sí! —dice el hada Menta, que llega en ese momento, soltando estrellas verdes.

—¿Sí?

—¡Por supuesto! Tu cuerpo es tuyo y nadie lo puede ver si tú no quieres.

—Y yo no quería, eso seguro.

—Pues muy bien hecho. Y tampoco nadie te tiene que tocar si tú no quieres.

—¿Nadie, nadie? La pediatra me toca cuando vamos para que me visite.

—Claro. La pediatra lo tiene que hacer. Además, mamá está delante.

—Sí, sí. Tienes razón.

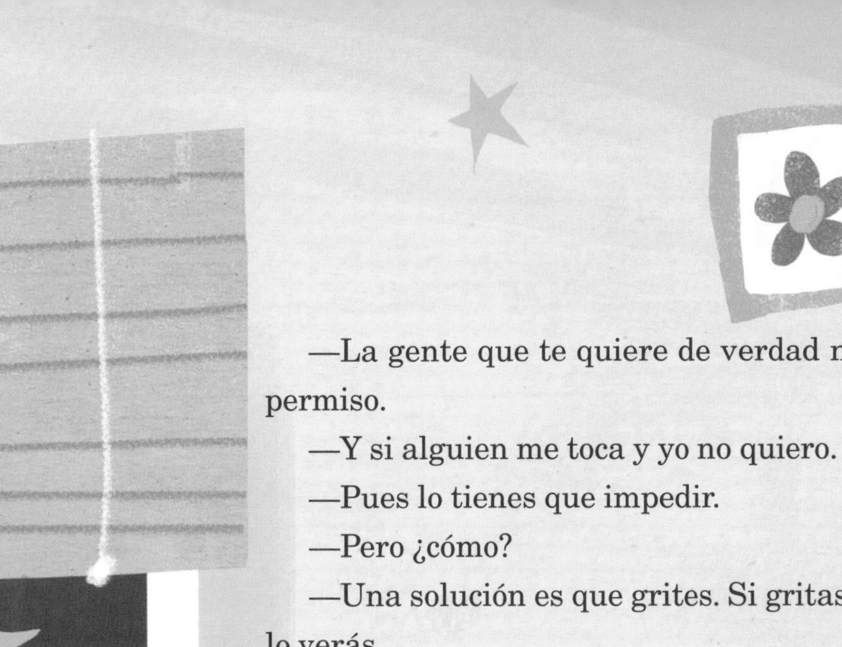

—La gente que te quiere de verdad nunca te tocará sin tu permiso.

—Y si alguien me toca y yo no quiero.

—Pues lo tienes que impedir.

—Pero ¿cómo?

—Una solución es que grites. Si gritas, dejará de tocarte, ya lo verás.

Sara mira a Menta, que vuela justo debajo de su nariz.

—Y otra cosa que tienes que hacer si alguien toca tu cuerpo sin tu permiso o quiere que toques el suyo y tú no quieres —dice Menta— es contárselo a alguien.

—Por ejemplo, ¿a mamá?

—Por ejemplo, sí. A una persona en quien confíes y que sepas que te escuchará.

Menta ahora vuela por la habitación y suelta muchas chispas verdes y también un olor mentolado y refrescante.

—Y otra cosa más que también es importante: hay secretos buenos que se tienen que saber guardar, ¿verdad?

—¡Claro! Por ejemplo, cuando papá y mamá le estaban preparando una fiesta sorpresa a la abuela por sus sesenta años.

—Exacto. Ese es un secreto bueno y se tiene que saber guardar. Pero hay secretos que son malos y te hacen sentir como si tuvieras un peso en el estómago y te ponen nerviosa. Son secretos malos.

—¿Y los malos no se tienen que guardar?

—No. Nunca, porque te hacen daño. Por ejemplo, si alguien te toca y te sientes mal, aunque te diga que es un secreto, lo tienes que contar. ¿Entendido?

—Entendido.

Al día siguiente, a la salida del colegio, la está esperando la canguro.

Mientras van hacia casa, Sara le cuenta cómo celebraron su cumpleaños.

—Yo también te he traído un regalo —dice la canguro.

—¿De verdad?

—¡Por supuesto! Mira.

Y le da un álbum de cromos con cromos para pegar.

—¡Qué bien! Estoy muy contenta.

—Después de ducharte los podrás pegar todos.

En casa, la canguro le dice que se desnude y se meta en la ducha.

—Sí, pero me ducho sola.

—No, que eres demasiado pequeña y no te limpias bien.

Cuando Sara está debajo del agua, aparece la canguro y se pone jabón en la mano.

—He dicho que no. ¿No me has entendido? No quiero que me limpies tú el culo y la vulva. Lo quiero hacer yo sola.

La canguro se enjuaga las manos.

—De acuerdo, de acuerdo. Tu cuerpo es tuyo y tú decides qué quieres hacer.

«Eso mismo», piensa Sara. Eso es lo que le ha explicado el hada Menta.

¡STOP!

Saber parar los pensamientos negativos

Guille sale del colegio muy emocionado.

—Mañana es sábado, ¿verdad, mamá?

—Sí.

—Pues mañana es el cumpleaños de Rosa.

—Muy bien. ¿Y va a dar una fiesta?

—Sí. Una fiesta en su casa, y dice que su madre te llamará para preguntarte si me dejas ir —explica Guille, muy contento.

—Claro que sí. ¿Y sabes qué? Ahora iremos a comprarle el regalo.

—¿Qué le compraremos?

—Un libro. ¿Te parece bien?

—¡Mucho!

Van a la librería del barrio y eligen un libro muy bonito para Rosa.

—Seguro que le gustará un montón —dice Guille.

Cuando llegan a casa, mamá le dice que juegue un rato solo, que ella va a preparar el baño y la cena.

Guille se queda con la grúa y el coche de bomberos. Empieza a jugar, pero pronto deja de hacerlo. ¿No ha llamado todavía la madre de Rosa?

Se levanta corriendo y va a preguntárselo a su madre.

—No, todavía no. Ya te avisaré cuando lo haga.

Guille vuelve a su habitación, pero no puede jugar; solo puede dar vueltas a un pensamiento: «¿Y si la madre de Rosa no llama y se olvida de invitarlo?»

Guille nota un pellizco en la barriga. «¡Ostras! ¿Y si se ha olvidado?»

Guille ya no está tan contento como estaba cuando ha salido del colegio. Solo con imaginarse que la madre de Rosa se haya olvidado de llamar a la suya, nota que le duele mucho el estómago y tiene el corazón un poco encogido.

Mamá asoma la cabeza por la puerta:

—Vamos, a la ducha.

Guille va hacia el baño.

Cuando sale de la ducha, mamá le pregunta si le pasa algo.

—Estoy preocupado porque la madre de Rosa no ha llamado.

—No te preocupes, ratón. Todavía no debe de haber tenido tiempo. O quizá llamará mañana por la mañana.

Guille no está tranquilo. En cuanto acaba de cenar, se va a la cama.

En la cama, no puede dejar de pensar que no le han llamado. Quizá Rosa ha decidido que ya no es su amiga y que no quiere que vaya a su fiesta de cumpleaños.

¡Uf! Guille se pone muy triste. Ahora ya está muy seguro de que no irá a la fiesta de cumple. Y eso que ya le ha comprado el regalo a Rosa.

Guille empieza a sollozar.

Pronto unas lágrimas muy gordas le resbalan por las mejillas.

—¡Hoooola!

Guille deja de llorar.

—¿Menta?

—Sí. Yo misma. ¿Por qué lloras?

—Porque no me han invitado a la fiesta de cumpleaños de Rosa —dice Guille.

—¿Estás seguro de que lloras por eso?

—Claro que sí.

—A mí me parece que lloras porque piensas en cosas tristes.

—No te entiendo.

—Mira: cuando has vuelto del colegio, estabas muy contento, ¿verdad?

—Sí.

—Y cada vez te has ido poniendo más triste. ¿Sabes por qué?

—Porque pensaba que...

—¡Exacto! Por lo que pensabas. Pensabas en cosas tristes y cada vez te ponías más triste.

—Es verdad. Pero no podía dejar de pensarlo.

—Pues es importante saber parar los pensamientos tristes o que te dan miedo. Porque son pensamientos que te hacen sentir mal.

—Pero ¿cómo puedo pararlos?

—En cuanto aparezcan en tu cabeza, dices: «¡Stop!» Y te pones a pensar en una cosa bonita.

—De acuerdo. Pero ¿y si, al final, la madre de Rosa no llama?

—A ver, todavía tiene tiempo hasta mañana. Si mañana llama, podrás ir a la fiesta, y tú te habrás pasado muchas horas triste sin ninguna razón.

—¿Y si no llama?

—Si no llama, ya te pondrás triste cuando toque, pero no antes. ¿Lo has entendido?

—Sí. Stop para parar los pensamientos tristes. Y ponerme a pensar en algo bonito.

—¡Eso es! Y ahora a dormir. Anda, buenas noches.

Guille se tapa bien en la cama.

Al cabo de un rato le viene a la cabeza que quizá la madre de Rosa no se acordará de él.

—¡Stop! —dice.

Y se pone a pensar en un cómic que tiene de un superhéroe. Y se lo pasa muy bien imaginando que el superhéroe es él mismo y vive una aventura fantástica hasta que se duerme.

Al día siguiente, cuando se despierta, se da cuenta de que ha soñado también con el superhéroe. ¡Qué bien! No se acordó de la angustia que sentía por si la madre de Rosa no llamaba... Pero ¿y si no llama? ¿Y si de verdad no se acuerda de él?

—¡Stop! —dice.

Y se pone a pensar en el parque y los toboganes, que le gustan mucho. Seguro que hoy podrá ir un rato con papá.

En ese momento, se abre la puerta de la habitación:

—Vamos, a levantarse, dormilón —dice mamá—. Hoy tienes una fiesta de cumpleaños.

—¿Ha llamado la madre de Rosa?

—¡Claro! Hace un ratito —dice mamá mientras sube la persiana. Después, sale de la habitación.

El hada Menta vuela hasta quedarse delante de la nariz de Guille:

—¿Ves como no valía la pena preocuparse por algo que no sabías si pasaría o no?

—Tienes razón, Menta. ¡Stop a los pensamientos negativos!

¡JA, JA, JA!

Usar el humor para hacer frente a las situaciones difíciles

Todos los primos han ido a pasar la tarde a casa de la abuela.

—Vamos, id a jugar mientras os preparo la merienda —dice la abuela.

Y todos se van a la habitación donde tienen los juguetes.

—Ahora os haré una función de marionetas —les dice Alicia.

La niña se instala detrás del teatrillo, se arrodilla, coge con una mano una marioneta, que es una niña con unas trenzas largas, y con la otra mano, una rana.

—¿Preparados para la representación?

—¡Sí! ¡Viva, viva! —gritan todos.

—Había una vez... —dice levantando la mano con una de las marionetas—... una niña que se llamaba Quica y que quería viajar y conocer el mundo.

Alicia, detrás del teatrillo, levanta la otra mano con la rana.

—Y, primero, se encontró con la rana Lota...

Alicia hace un mal gesto, con tan mala suerte que tropieza con el teatrillo, que se balancea. Finalmente, ella y el teatrillo caen al suelo con mucho estrépito.

Los demás se acercan a ella.

—¿Te has hecho daño?

—Noo —dice Alicia. No se ha hecho daño, pero se ha enfadado—. Dejadme en paz.

Los primos, al ver que Alicia no está de buen humor, deciden abandonar la habitación.

—Anda, vamos a merendar —dicen. Y la dejan sola.

Alicia se levanta y se frota el culo. Y gruñe:

—¡Qué asco! Todo me sale mal.

En ese momento, la habitación se llena de estrellas verdes y de olor a menta. Debe de ser el hada...

—¿Estás segura de que todo te sale mal? —pregunta Menta.

—¡Todo!

—Mujer, yo solo he visto que has tenido un pequeño accidente: has tropezado y te has caído y también se ha caído el teatrillo. ¡Nada más!

—¿Nada más? Me he dado un golpe en el culo, y todavía me duele.

—Pero no ha sido nada grave. Y tus hermanos y primos te han preguntado si te habías hecho daño.

Alicia se cruza de brazos, todavía de mal humor.

—Y, entonces, ¿qué tenía que hacer?

—Tomártelo con humor.

—¿Con humor? ¡Ja! ¡Como si fuera tan fácil!

—Pues si te ríes de ti misma y de la situación, seguro que te sentirás mejor. Ríete e invéntate algo divertido y te sentirás menos infeliz. Ya verás, vamos a probar.

Menta levanta el teatrillo y le pide a Alicia que se ponga detrás.

—Ahora, repite lo que ha pasado antes y procura reírte.

Alicia, no muy convencida, se coloca detrás del teatrillo y saca a la niña marioneta por arriba. Inmediatamente, hace un gesto que tira el teatrillo al suelo y ella también se cae.

Alicia intenta reírse:

—¡Ja, ja, ja!

Menta la mira y le pregunta si se ha hecho daño.

—¡No! —dice Alicia—. Solo quería probar hasta qué punto mi culo es duro.

—¡Ja, ja, ja! —se ríe Menta—. Qué broma tan divertida te has inventado.

—¡Ja, ja, ja! —se ríe Alicia, que ahora no puede parar—. Tengo un culo a prueba de caídas. ¡Ja, ja, ja!

—Muy bien —dice Menta—. Has conseguido reírte de ti misma y hacer una broma divertida.

—Y tenías razón, porque me siento mucho mejor.

—¡Claro! Si te ríes, no puedes estar de mal humor. Las dos cosas a la vez no pueden ser.

—¿Y si se cae otra persona también me puedo reír? —pregunta Alicia.

—Solo si el otro también se ríe de sí mismo. Lo que no tienes que hacer nunca es burlarte de la otra persona, pero reírte con ella, sí.

—Reírte con el otro y no contra el otro. ¿Es eso?

—Exactamente.

—Muy bien. ¡A partir de ahora me lo pienso tomar todo con muuuuucho sentido del humor! Gracias, Menta.

Y sale corriendo de la habitación mientras grita:

—¡Ya podéis venir! Mi culo y yo estamos a punto para hacer la función.

Y ella sola se parte de risa. Y piensa que está muy bien eso de tomarse las cosas con buen humor.

¿DÓNDE ESTÁN MIS CROMOS?

La justicia como forma de reparación a las víctimas

Desde tiempo atrás, Rafa, Mateo y Alberto hacían colección de cromos de animales.

Rafa fue el primero que consiguió que le saliera el cromo del león y la leona, que era uno de los más buscados. Le apareció un día que fue a casa de sus abuelos. El abuelo le regaló cinco paquetes de cromos y en uno de ellos...

—¡Qué bien! Mira, abuelo. El cromo del león y la leona.

Mateo tuvo que esperar algo más. Pasaban los días y, cada vez que abría una bolsita de cromos...

—¡Oh! No es el que yo *quedía*.

A Mateo le resulta difícil pronunciar algunos sonidos; por eso, en lugar de *quería* dice *quedía*.

Hasta que un día, mamá le compró un paquete en el quiosco de la esquina y ¡sorpresa!

—¡*Mida*! ¡*Pod* fin! —dijo, enseñando el cromo del león y la leona.

Solo a Alberto le faltaba el cromo.

—Anda, vamos, date prisa —le decían sus amigos—. Cuando lo tengas, los pegaremos todos en el álbum.

Y es que habían decidido esperar para hacerlo todos juntos.

Y el día llegó. Alberto había conseguido el cromo del león y la

leona cambiando diez que tenía repetidos con un niño que tenía dos veces el león y la leona.

Los tres niños llevaron la colección al colegio y esperaron con impaciencia la hora del patio.

Lo que los tres niños no sabían era que Isaac, otro niño de la clase, también hacía colección de cromos, pero no había conseguido el del león y la leona.

Isaac oyó que Rafa, Mateo y Alberto sí que tenían ese cromo tan difícil de obtener. Y, entonces, decidió que, costara lo que costara, él tenía que mangarles los cromos. Y aprovechó un rato que Rafa, Mateo y Alberto estaban distraídos para acercarse a las mochilas, buscar los cromos del león y la leona de los tres, cogerlos y metérselos en el bolsillo.

Cuando sonó el timbre del recreo, Rafa, Mateo y Alberto cogieron los álbumes y los cromos, salieron del aula y se sentaron en un rincón del patio, lejos de los niños y niñas que jugaban a pelota.

—¡Vamos! ¡Manos a la obra!

¡Ay! Pero, después de sacar los paquetes de cromos, descubrieron que alguien les había cogido el cromo más importante y más difícil de conseguir.

—¡Flipa! ¿Quién debe haber sido? —preguntó Alberto.

No tenían ni idea.

A Mateo se le caían las lágrimas; estaba hecho polvo.

—¡Busquemos al culpable! —propuso Rafa.

Y empezaron a explorar el patio. Encontraron a niños y niñas jugando a distintos juegos, pero nadie tenía cromos.

—Continuemos buscando —dijo Rafa.

—Eso mismo. No nos desanimemos —dijo Alberto.

—¿Dónde *midamos ahoda*? —preguntó Mateo.

—¡Ya lo tengo! ¡Ahora miraremos en los lavabos! —gritó Alberto.

Y corrieron hacia los lavabos. ¿Y a quién encontraron dentro? A Isaac, que miraba, embobado, los tres cromos iguales del león y la leona.

—¡Has sido tú! —gritaron.

—Yo... ¿Qué? —dijo Isaac, escondiendo deprisa y corriendo los cromos en el bolsillo de los pantalones.

—Ya sabes qué —dijo Alberto.

—Nos has mangado los cromos del león y la leona —dijo Rafa.

—No, no, yo no he sido —se defendía Isaac.

—¡Tú, sí, sí, sí! —decía Mateo con la cara roja de tan enfadado que estaba.

—Va, enséñanoslos.

Entonces, Isaac se sacó los cromos del bolsillo y dijo:

—Son míos. ¿Por qué creéis que son vuestros?

—Qué morro tienes, además de ladrón, eres mentiroso —le soltó Alberto.

Mateo tenía los puños cerrados y lloraba.

En ese momento, vieron un montón de estrellas verdes y, girando sobre sí misma, apareció Menta.

—¡Hola, hola! ¿Se puede saber qué pasa aquí?

—Este tonto, que nos ha cogido los cromos del león y la leona y encima no lo quiere reconocer.

Menta miró a Isaac con un gesto muy serio.

—¿Es verdad, eso que dicen?

Isaac ya no pudo mantener por más tiempo la mentira.

—Sí. Pero se los he cogido porque hace mucho tiempo que espero que me salgan en algún paquete —se disculpó Isaac.

—¿Y nosotros, qué te crees? —le dijo Rafa.

—Tiene razón Rafa. Por muchas ganas que tuvieras, ellos también las tenían y, además, los cromos son suyos.

—¿Y *ahoda* qué? —dijo Mateo.

—¿Un castigo? —sugirió Alberto.

—Yo creo que no —dijo Menta—. ¿De qué os serviría el castigo?

—De nada. Es verdad —dijo Alberto.

—¿De qué manera sentiríais que Isaac ha reparado el mal que os ha hecho?

—Devolviéndonos los cromos —dijo Alberto.

—Efectivamente. Esa es una buena reparación. Isaac, ya sabes qué tienes que hacer.

Con una cara entre arrepentida y triste, Isaac devolvió cada cromo a su propietario.

—¿Os sentís en paz ahora? ¿O creéis que todavía tendría que hacer algo más? —preguntó Menta.

—¿Como qué? —preguntaron los otros tres a la vez.

—No lo sé: quizás os podría ayudar en algo que debáis hacer cuando peguéis los cromos.

—Yo tengo una idea —dijo Alberto—: Puede ayudar a Mateo a abrir las bolsas de los cromos; a él le cuesta.

—Y también puede ir a tirar las bolsas a la papelera —dijo Rafa.

—De acuerdo —dijo Menta—. Me parece justo.

—¿Estás de acuerdo, Mateo? —preguntó Rafa.

Mateo palmoteó contento.

Isaac se encogió de hombros de una manera que quería decir que lo aceptaba.

Los cuatro niños volvieron al rincón del patio para ponerse a pegar cromos.

Isaac abría las bolsas de Mateo y, luego, tiraba las bolsas vacías a la papelera. Cuando ya llevaba un rato haciendo viajes a la papelera, Menta dijo:

—¿No creéis que ya ha reparado su error?

—Sí —dijeron.

—Pues, ahora quizás ha llegado la hora de que lo admitáis entre vosotros y pueda pegar cromos.

Se miraron entre ellos y pensaron que era justo, por lo que Isaac se unió al grupito.